登場人物
八咫烏一二三《やたがらすひとにいさん》
（谷田契斗）
コレット・SO5・リュー

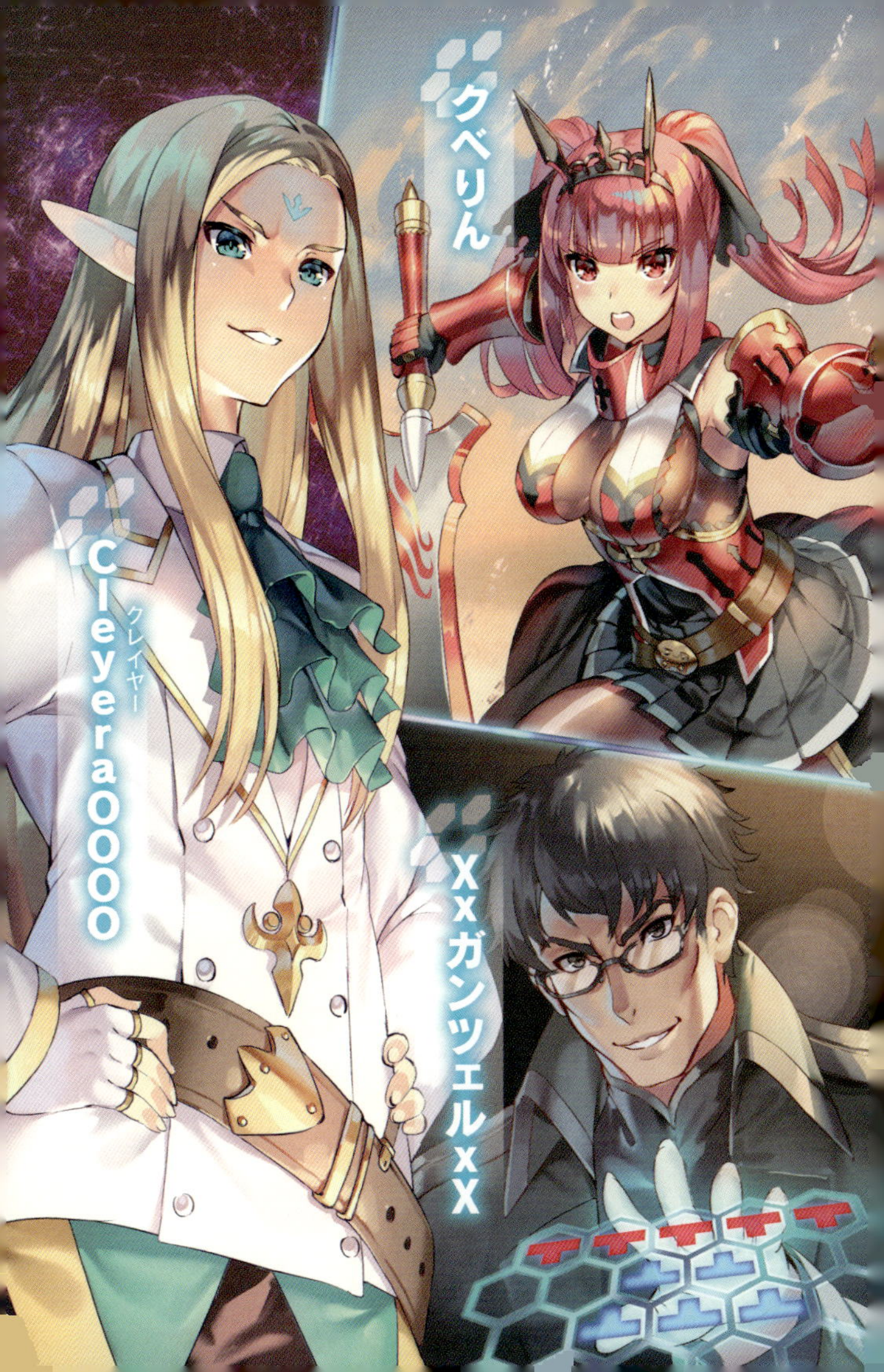
クベりん
Cleyera《クレイヤー》0000
XxガンツェルxX

さあ、楽しい戦いの時間の始まりよ！
敵発見、前方三百メートル。これより敵陣に突入する！

Walhalla《ワルハラ》

—e戦場の戦争芸術《アートオブウォー》—

柳内 たくみ

BRAVENOVEL
ブレイブ文庫

目　次
INDEX

第一章

みどりの草原が果てなく広がるクラムツェルの平原。そこは電子的に作られた仮想空間——グラントラ社製・全感覚没入体験型作戦級戦術シミュレーションゲーム【Walhalla《ワルハラ》】——の戦場《ステージ》の一つである。

見渡す限り、膝まであるような雑草がびっしりと生い茂った大地が広がっている。山もなければ谷もなく、隆起もそれほど高くないから、青空から吹き下ろす風に牧草が靡《なび》く様子はあたかも波のようで、この景色が緑の大海原に見えることもある。

こんな場所が現実にあるならば、白い羊の群れが草を食《は》んで羊飼いの少年と飼い犬《シープドック》がその傍らで昼寝しているというのどかな光景こそが似合うだろう。

けれどこの大地は、列をなす兵士達が軍靴《カリガ》で踏みしめるためにある。

馬の群れが、蹄で泥を蹴散らしながら駆け抜けていくためにある。

仮初《かりそ》めの命を与えられた彼らが、流す血を受けるためにある。

「八咫烏《やたがらす》様、敵が動き出しました！」

黄金の馬アハルテケに跨がり白い革鎧で身を包んだ副官コレット・Ｓ０５・リューは、エルフ族特有の笹穂耳をピンと立てて叫んだ。

尖った耳が天を向いているのは、この小柄な美女が少なからずも動揺していることを示している。

「君が言ってるのはどの敵だい？　俺達の前にいるのは敵ばっかりだ。しかもその半分以上が既に激しく動いている」

けれどユーザーネーム八咫烏一二三《ひとにいさん》こと谷田契斗《やたけいと》は動じない。銀糸の刺繍が入った黒の革鎧をまとい、漆黒の軍馬スレイプニルに跨がると、黒貂の毛皮を襟につけた黒いケープを風に靡《なび》かせながら前方をじっと見据えていた。

契斗が問いかけるように、今クラムツェル平原には彼我《ひが》（敵、味方）合わせて約十万の軍勢がいる。

互いに三万の歩兵を正面幅約三キロ、縦深十五行の市松模様《いちまつもよう》型横陣形に並べて、その左右両翼にそれぞれ七千の騎兵部隊をおいて脇の固めとし、さらに予備戦力を五千、後方への備えも兼ねて本営の背後に控えさせている。

全くの同数・同陣形で、鏡に映したように向かい合い、中央に位置する歩兵隊が激しい死闘を繰り広げているのだ。

契斗とコレットはその右（南）翼騎馬兵部隊が作る隊列の中にいた。そして味方の柔らかな脇腹を守る位置に陣取って出撃の合図を今か今かと待っている。

こんな状況で敵と言ったら、前方に見える方形の楯を構えた鉄鈍《てつにび》色の肌を持つレムス族重装剣兵、あるいは笹穂耳を持つエルフ族長弓兵、馬に跨がるスキュティ騎兵等々の亜人種五万人全てが当てはまってしまう。従って報告としては不適切である。不合格と契斗は告げた。

「あ、す、すみません！」

「いいんだよ。気にしないで、さあやり直してご覧コレット」

　あわてんぼという裏設定を持つコレットは、契斗の冷静な指摘に赤面した。そして波立った心身を整えるように「こほん」と咳払いすると前方に向けて手を差し伸べた。

「警報いたします！　わたくし達の正面約四百メートル、『宝箱の台』やや右に位置する七千騎の内の敵将マセナ率いるスキュティ軽騎兵約二千が動き出しました」

　契斗は人間の姿がどうにか見える程度に離れた、十メートルほど隆起した丘に視線を向ける。

　すると、そこに並んでいた土気色の肌を持つ亜人種族スキュティの軽装騎兵隊が前進を始めていた。

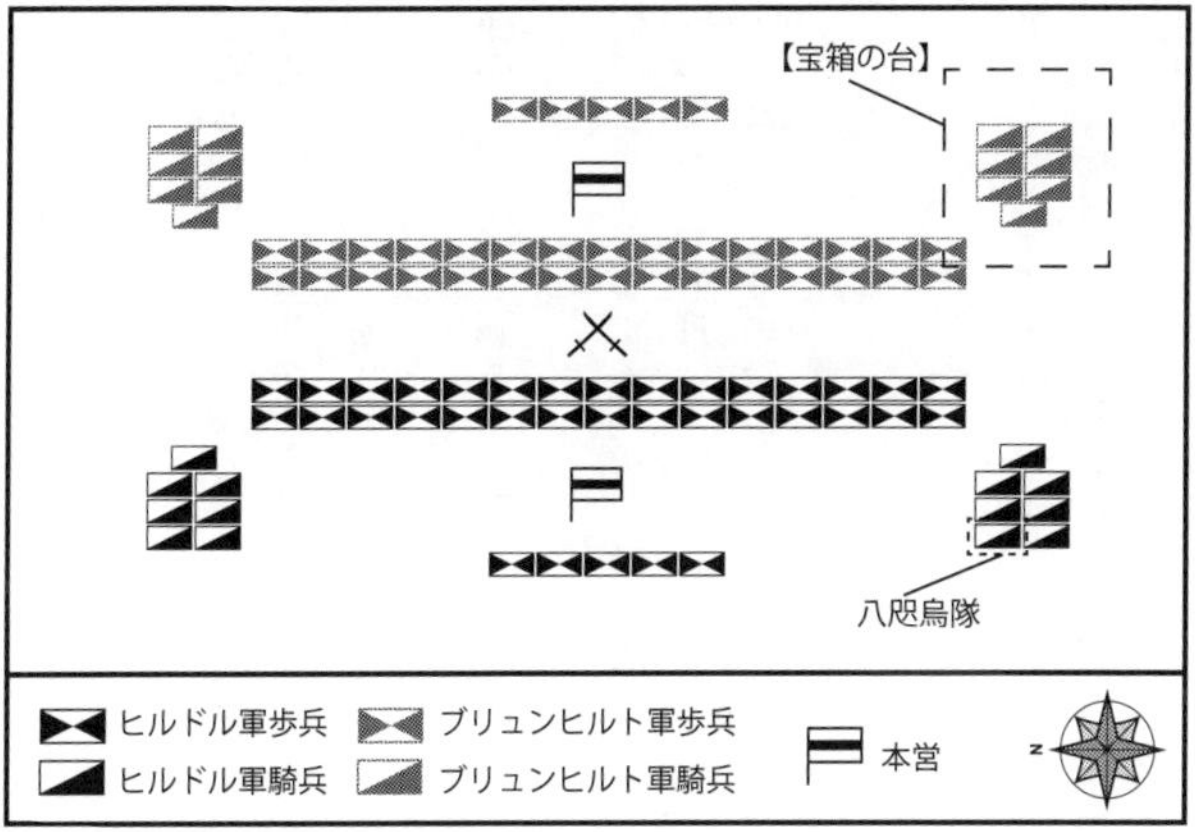

「ああ、あれね。……大丈夫、心配ないよ。あれはこっちに来ないから」

契斗は、自信たっぷりに断言した。

「本当ですか？　本当にここに来ないんですか？」

「コレットは心配性だなあ。こういう時の俺の勘があたるのは君も知ってるだろ？」

すると契斗が言ったように『宝箱の台』を降りた敵騎馬集団は契斗達から見て右手の方角、戦場の南外方へと走り去ってしまった。

「ほら、よそに行っちゃったでしょ？」

「本当に行っちゃいましたね。いつもながら八咫烏様のおっしゃる通りです」

コレットは契斗を頼もしそうに見つめ、そして続けた。

「でも、そうすると敵マセナ隊はいったいどこで、何をしようとしてるんでしょうか？」

「多分、陽動？　って言う奴だろうね。だから、ほうっておいても良いよ」

「陽動……ですか？　けど、こちらの側背《そくはい》部に回り込まれてしまうのなら、ほうっておいてはダメなような気がするんですけど」

「大丈夫。あの程度の数なら後衛でも処理できるから」

契斗はまたしても断言した。

しかし彼の属するヒルドル・クランのマスター、XxガンツェルxX（ユーザーネーム）は、契斗のようには考えなかったようだ。本営軍楽隊のラッパが高らかに吹き鳴らされ、右（南）翼騎兵部隊の泥鬼《デルク》族兵達が一斉にサンドスタットに騎乗した。

サンドスタットはダチョウに似た鳥を始祖とし、馬と同等の速度で大地を疾走することが可能な生き物という設定だ。持久力に優れて長距離機動を得意とする。欠点は二足歩行する動物だけに、馬ほどの重装備をさせられないこと。そして重さがないので敵と激突した際の衝撃力に欠けること等だろうか。

「あれは？」

「クランマスターからのクベりん様に対するご命令です。マセナ隊の迂回を阻止せよというものです」

ユーザーネーム——クベりん。もちろん契斗と同じくヒルドル・クランに属するプレイヤーの一人だ。

黒と赤からなる鎧で身を固めた彼女は、契斗と同じく騎兵のみで構成された傭兵団を率いている。彼女は三千の泥鬼兵の先頭に立って敵騎兵隊を追っていった。

紅い髪を靡かせたクベりんが征く。それを見送った瞬間、契斗は彼女と視線が合ったのを感じる。そして頬を不満そうに膨らませた。

「ガンツェルの奴、あれが見せかけの動きだってどうしてわからないんだろ？　クベりんもクベりんだ。命令だからって闇雲に従う必要なんてないのに。コレット、手間かけて悪いけど本営に伝令を。伝令内容は『敵のアレは陽動だ。ひっかかるな！』だ」

「復唱します。『敵のアレは陽動だ。ひっかかるな！』ですね？」

するとと伝令兵が本営から飛び出していった。それらの仕事を終えたコレットは、不思議そうな表情をして契斗に問いかけた。

「八咫烏様は、あれが陽動だとどうしておわかりになるのですか？」

「あんな見え見えな動き、陽動しかないからだよ。コレットにもわかるでしょ？」

するとコレットは悲しげな表情をして静かにかぶりを振った。

「いいえ。わかりません」

「そっか……」

契斗も寂しそうに呟く。それはまるで自分が独りぼっちだということを思い知ったような表情だった。

するとコレットが契斗にアハルテケを寄せる。

「申し訳ありません。けれどわたくしが八咫烏様を理解できないのは、八咫烏様のせいではありません。この【Walhalla《ワルハラ》】における副官ＮＰＣの役割はユーザー様から要求された各種の情報を提示し、ご指示を頂いたらそれを麾下《きか》（配下）の兵にお伝えすること。つまりゲームのコントロールパネルなのです。これによってユーザー様は何もない空間に浮かび上がる情報ウィンドウという古代ファンタジー世界にあり得ないものを見ずに済ませられます。しかしながらそれ故に、ユーザーのお心をくみ取れるほどの演算容量はデフォルトでは割り当てられていないのです」

「そうだったね、忘れてた」

「八咫烏様に思うところがおありでしたら率直に話して頂けると幸いです。わたくしに、気がつくことを求められても——現状のままでは不可能なのです」

「けど、コレットってNPCって言う割には、ホント人間くさい反応するよね。慌てたり、驚いたり、からかえば怒るし……こうして触ると柔らかい」

契斗は轡《くつわ》を並べるコレットに手を伸ばすと彼女の頬をつまんでフニッと伸ばした。

「だから、時々君が人間なんじゃないかって錯覚してしまうんだ」

するとコレットは微苦笑しつつ契斗の手に触れる。手を引き離そうとするでもなく抵抗するでもなく、ただ包み持ったのだ。そして落ち着いた口調で語る。

「それは仮想人格《ペルソナ》があるからです。このゲームに登場する全てのNPCは兵卒から部隊長に至るまで、全て仮想人格《ペルソナ》が設定され、それが与えられた演算容量の範囲でキャラクターを演じます。それがこの作戦級戦術シミュレーションゲーム【Walhalla《ワルハラ》】のセールスポイント、リアル感の源泉なのです」

契斗はコレットの頬から手を離すと自分の手をまじまじと見た。

そこにあったのは精巧ではあるがポリゴンで作られた借り物の手である。そしてそれはコレットの身体だって同じはずであった。しかし伝わってきたのはコレットの頬の柔らかさ、肌のなめらかさ、手の温もりだった。まさに生きた人間そのものである。

さらに凄いのが目の前にいるエルフ美女の物問うような表情だ。感情の揺らめきを感じさせるように絶えず変化している。

そして投げ返してくる言葉だ。こちらの働きかけに対するバリエーション豊かな反応は、人間と比べて全く遜色がなく知性が感じられる。

まっすぐ見据えてくる瞳の輝きからは、意思の存在がはっきりと感じられた。

「仮想人格《ペルツナ》か、本当に良くできているよね。時々、どこかの人間のスタッフが君のアバターを操ってるんじゃないかなって思う時がある。もしそうならオフで会ってみたいな。ねぇ、コレットの中にいる君、直接会ってみない？」

「中の人なんていません」

コレットはきっぱり言った。

「お約束通りの回答ありがとう」

「そもそも直接会って、どうなさるおつもりですか？」

「そりゃあ話をしたりとか、いろいろ。わかるだろ？」

「わたくしの演算容量では、そのいろいろを推測することはいたしかねます」

コレットはしれっとした表情で首を傾げる。その様子があたかもとぼけているようだったから、契斗はおいおい本当にわからないのかと問いたくなってしまった。

するとコレットが、いたずらっぽく微笑んで返してくる。

「そもそも、もし仮にアバターを操る中の人がいるとして、それが男性や八咫烏様が求めてらっしゃる以上に年上な女性だったらどうなさるおつもりなんですか？」

「しまった、それは考えていなかったよ……もしかして君、男なの？」

「いいえ、違います。先ほど申し上げたようにわたくしは量子コンピューター【柊《ひいらぎ》】上で稼働している人工知能プログラム【仮想人格《ペルソナ》】です。なので本来の意味での性別はありません。コレット・S05・リューに設定されたステータスはFemale《フィメール》。しかしながらそれはパーソナリティの傾向や嗜好性、アバターの種別を意味するだけなのです」

「で、年齢は？」

「今年で百八十二歳になります」

「ひ、……ひゃく？　そんな年上なのかよっ!?」

「八咫烏様。わたくしはエルフですよ。その設定をお忘れですか？」

「あっ……そうだった」

コレットが笹穂耳をぴくぴくと震わせながらクスリと笑い、契斗は思い出したように自分の頭を掌でぺしゃりと叩いた。

ファンタジー世界でお馴染みのエルフという種族は、長寿命である。そのため若々しい容姿ながらも驚くような年齢であるのが当然とされている。

「しかし、人間としか思えないという評価を頂けているのは嬉しいです。プロデューサーやシステムエンジニア達も大いに喜ぶでしょう。彼らは、わたくし達人工知能の能力向上に情熱を注いで参りましたので。わたくしもそれに応え人間を超えようと努力して参りました。それが認められるのはとても嬉しいことなのです」

「そうなんだ」

「はい。それらのご感想は是非ともグラントラ社【Walhalla《ワルハラ》】のカスタマーレビューにご記入下さいね」

コレットはそう言うと、人工知能とはとても思えない満面の笑みを浮かべたのだった。

＊＊＊

戦場は様々な音であふれている。

渾身の力を込めて振り下ろした剣が敵の剣とぶつかり、刃《やいば》の破片が火花となって削れ飛ぶ金属音。

槍の柄同士が激突する木材の甲高い音。

矢を放つ時の、弦の鳴る音。

胸に剣を受けた戦士が激痛と絶望から断末魔の叫び声をあげ、兵士達が怯える心を奮い立たせるため喉を嗄《か》らして喊声《かんせい》をあげる。

楯を構えたレムス兵が、敵を力ずくで押しのけようと正面から突き進む。

楯の下に見える敵の足目がけてグラディウスを突き出し、膝の裏、腿の内側を斬られた兵士が悲鳴をあげながらのけぞって倒れていく。

あるいは楯の上縁から剣を滑らすように敵の頭部目がけて突き出し、敵もそれを予測して木製の楯で受け止める。

払いのけ、身を躱《かわ》す、そして剣を繰り出しての反撃。鮮血が剣先からしぶきとなって舞い散り、鎧が、楯が赤い点描で汚れていく。

疲労して息も絶え絶えな喘鳴《ぜんめい》。激しく上下する肩。あごの先端からしたたる汗。

敵の腹部に刃を突き刺すことに成功したレムス族の百人隊長が、号笛《ごうてき》を鳴らした。

すると疲労で立っていることもやっとだった兵士達が、素早く、一斉に後続の兵士と入れ替わった。まだ体力と勇気に満ちた兵士が突き進んでいく。

軍装の金属が触れ合い、軍靴《カリガ》が大地を踏み鳴らす。

順繰り順繰り前後の兵が入れ替わる。前後の中隊が入れ替わる。システマチックに敵を倒すために新鮮な闘志を、最前線で叩きつける仕組みが、軍律が、戦いに泥酔しているように見える彼らをしっかりと支配しているのだ。

楯と楯をぶつけ、剣が走り、肉弾が激突し、鮮血が大地にこぼれ落ち、彼らの足下には討たれた兵士が呻き声をあげながら次々と倒れ伏していった。

「突っ込め！」

エルフの弓兵が放った矢が飛び交い、大空から風を切る音とともに雨のごとく降り注ぐ。

この攻撃に怯《ひる》んだ敵目がけ、褐色の肌が特徴のグリク族重装槍兵の隊列が前進していく。そして敵陣まであと数歩の距離まで詰め寄ってから一気に突撃。

槍を繰り出しつつ一人倒す。

しかし一人倒すと、その後ろからまた敵が一人姿を現す。

戦いは一進一退の攻防となっていた。

最前列に位置する彼我《ひが》の兵が、横幅約三キロの横一線に広がり、互いに向き合い、一斉に戦って、これらの音を戦場に鳴り響かせているのだ。

クラン全軍を統率・指揮する主将《マスター》の居場所は『本営』と呼ばれる。

本営には全軍を指揮統率するための軍楽隊や軍旗信号旗が立ち並び、伝令兵、偵察兵、総指揮官であるクランマスターを守るための護衛兵などが整然と控えている。

そしてその中枢には指揮所たる『帷幄《いあく》』が置かれていた。

帷幄《いあく》を持つのは、プレイヤーの中でもクランマスターの地位を持つ者だけの特権だ。

一般ユーザーにはない様々な機能が付与されており、その一つが戦場の状況を模式図として展開するというものであった。

『砂盤《さばん》』と呼ばれるそれは、戦場をかたどった広さ六畳ほどのジオラマであり、敵を示す赤い駒と味方を示す青色の駒が並べられる。そしてそれらは各方面に放った斥候《せっこう》の報告に基づいて刻一刻と動かされるのだ。

注意しなければならないのは、それが必ずしも現実を反映しているとは限らないということ。戦場では敵を騙《だま》そうとするのが当然なのだ。

そうでなかったとしても、斥候が見間違えをしてしまう可能性だってある。

経験の浅い兵士が手柄を焦って、過大な報告をすることもある。

だから集まって来る報告が常に正しいとは限らない。指揮官はそういう可能性を常に頭に入れて状況の判断をしなくてはならないのである。

　長い金色の髪を持つ痩身《そうしん》の男性エルフ種のアバターを操るユーザーネームCleyera0000《クレイヤー》は、悠然《ゆうぜん》と笑みを浮かべたまま、砂盤《さばん》を見下ろす。そして傍らに立つ褐色の肌と蠱惑的《こわくてき》な容姿の女ダークエルフから報告を受けた。

「Cleyera《クレイヤー》、敵ヒルドル軍は、迂回に送り出した我がマセナ隊二千騎に対し、クベりん隊三千騎を邀撃《ようげき》（進んでくる敵を迎え撃つこと）に向かわせたぞ」

　その容姿に反してマニッシュな口調の副官NPCエーテナA49グラーツは、凛《りん》とした表情のまま長い竿を手繰って砂盤《さばん》上に並べられた敵南翼部隊の赤い駒を、戦場の南外方へと差し向けた青い騎兵部隊を示す駒の後ろに追従《ついじゅう》させた。

「出てきたのは『紅の鬼姫』の異名を持つクベりんか。烈火のごとき勢いで、あたり一面を焼き尽くすほどの激しい戦いぶりを見せると言われている。……その報告は、確かかな？」

「練度Aの斥候二組が別地点から解明《かいめい》した敵情《てきじょう》だ。間違うはずがない」

「よろしい。カール・フォン・クラウゼヴィッツはその著書、戦争論で『状況の四分の三は不確実という戦場の霧に包まれている』と語っているが、今回は例外的にもあらゆるものが明確に見えるようだね」

「クラムツェル平原は、見通しの良い土地だからだな。彼我《ひが》ともに姿を隠す地形地物《ちぶつ》は何もない。現在は天候も良好で全てが一望できる」

「だが見え過ぎることは決して良いことではないぞ、エーテナ。特に慎重……いや、自信に欠ける臆病な気性の持ち主にとってはね」

「自信に欠ける臆病者とは……敵ヒルドドル・クランのマスターのことか？」

「そうだ。ユーザーネームはXｘガンツェルｘXと言ったかな？　彼のこれまでの戦い方を検証してそう判断した。臆病者は不安に対処しないでいられない。見えない物に対してならばそれが堅実な勝利に繋がったのだろうが、今回は見え過ぎることによって裏目に出る。これからその証拠を見せてあげよう。エーテナ、ミュラ55に合図を送って欲しい」

「わかった。すぐにそうしよう」

すると本陣に並ぶ軍楽隊がラッパを鳴り響かせた。

その音を合図にブリュンヒルト軍の左（南）翼に位置していたユーザーネーム、ミュラ55の騎兵部隊二千騎が先行したマセナ隊を追うように戦場の外、視界外へと向かっていったのである。

その出来事は砂盤《さばん》の上では南翼方向に置かれた青い駒、それを追うヒルドドル・クランの赤い駒、さらにその後ろを追従するミュラ55の青い駒として再現された。

「これで敵の側背へ迂回しようとする我が方の部隊は、マセナ隊とミュラ隊の合わせて四千だ」

「敵のクベりん隊三千よりは多いな」

「そうだとも……だから不安に駆られた敵クランマスターは、邀撃《ようげき》部隊をさらに追加しなくてはならなくなる」

その時エーテナは瞼を瞬かせた。

「Cleyera《クレイヤー》、報告だ。敵が三千騎を追加したぞ。アラーキ隊だ」

ヒルドル・クランは南翼部隊からさらに騎兵三千のアラーキ隊を割いてミュラを追跡させた。

ガンツェルは何としても、ブリュンヒルト・クランのマセナとミュラ二個部隊を叩きたいらしい。

「これで敵の邀撃部隊は六千。それに対して我が迂回部隊は四千ぽっち。どうしようかエーテナ?」

「諦めろCleyera《クレイヤー》。常識的に考えて数の多い方が強いから、迂回が成功する公算は限りなく低い」

「そうだね。けれどご覧よエーテナ、敵の右(南)脇腹を固める騎兵部隊は残り一千。それに対して我が左(南)翼騎兵部隊は三千も残っている。もしこの三千で敵の一千に突撃したらどうなると思う?」

するとエーテナは砂盤《さばん》に身を乗り出しほくそ笑

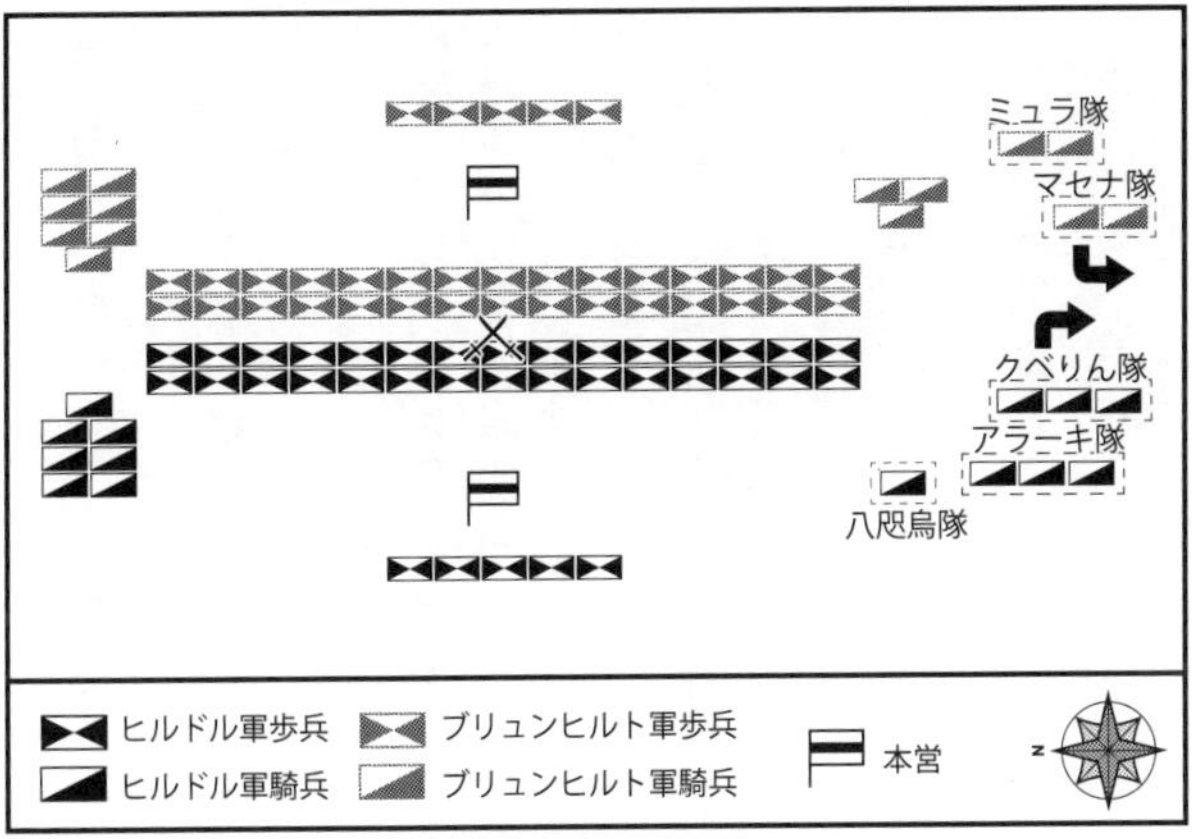

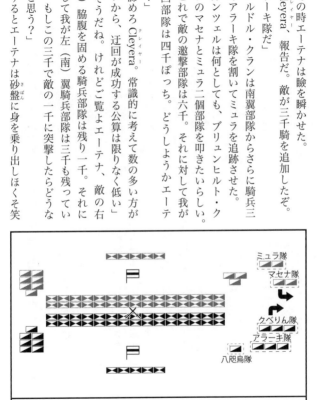

んだ。

「なるほど、常識的に考えれば数の多い方が強いから、敵の右（南）翼部隊を正面から打ちのめすことができるわけだな？」

「そう。そしてその後、我々の騎兵部隊は敵の弱点となる側背を好き放題に蹂躙《じゅうりん》できるわけだ。掻き回して、めちゃくちゃに混乱させてやることだってできる」

「つまり勝ったということか？」

「いやいやいや、そう結論づけるのはまだ早いよ。勝敗分岐点はずっと先だからね。とは言えこの状況は敵クランマスターにもしっかり見えているはず。だから彼は対処せずにはいられなくなる。それが臆病者の宿命なのさ」

「どうやら君が推測した通りのようだぞCleyera《クレイヤー》。敵が、動き始めた」

エーテナは赤い駒を手繰り寄せ、ヒルドル軍が後方に拘置していた五千の予備槍兵部隊を右（南）翼後方で縦に並べる様を再現した。敵に背後に回られることを防ぐ鉤型陣形《かぎがたじんけい》である。

「これでまた、勝ち負けはわからなくなってしまったな」

エーテナは残念そうに言った。しかしCleyera《クレイヤー》は、この事態すらも予想していたかのように平然としている。

「けど、これで敵には自由に使える予備戦力はなくなった。この事実は大きい」

「どうするんだ？」

「作戦の第二段階へと進む。エーテナ、合図を！」

Cleyera《クレイヤー》はそう言って、不敵にほくそ笑んだのであった。

その頃ヒルドル軍の帷幄《いあく》では、クランマスターのXxガンツェルxXが南国風の美少女NPCハウメア・C87・マルトーに沸き上がる苛立ちをそのままぶつけていた。

「くそっ、Cleyera《クレイヤー》の野郎！　人の苦労を台無しにしてくれやがって！」

眼鏡をかけた知的マッチョなアバターにミリタリーグリーンのスーツと軍用コートを着せたガンツェルは、今回のクラン戦で名将ハンニバルの戦いの中でも、最も有名なカンネーの包囲殲滅《ほういせんめつ》戦を再現したいと目論んでいた。

そのために、まとまった騎兵戦力を持つプレイヤーを何人も引き抜いてきていた。

【Walhalla《ワルハラ》】では包囲殲滅《ほういせんめつ》、中央突破《ちゅうおうとっぱ》、斜行戦術《しゃこうせんじゅつ》、内線作戦《ないせんさくせん》による各個撃破《かっこげきは》といった、名作戦を

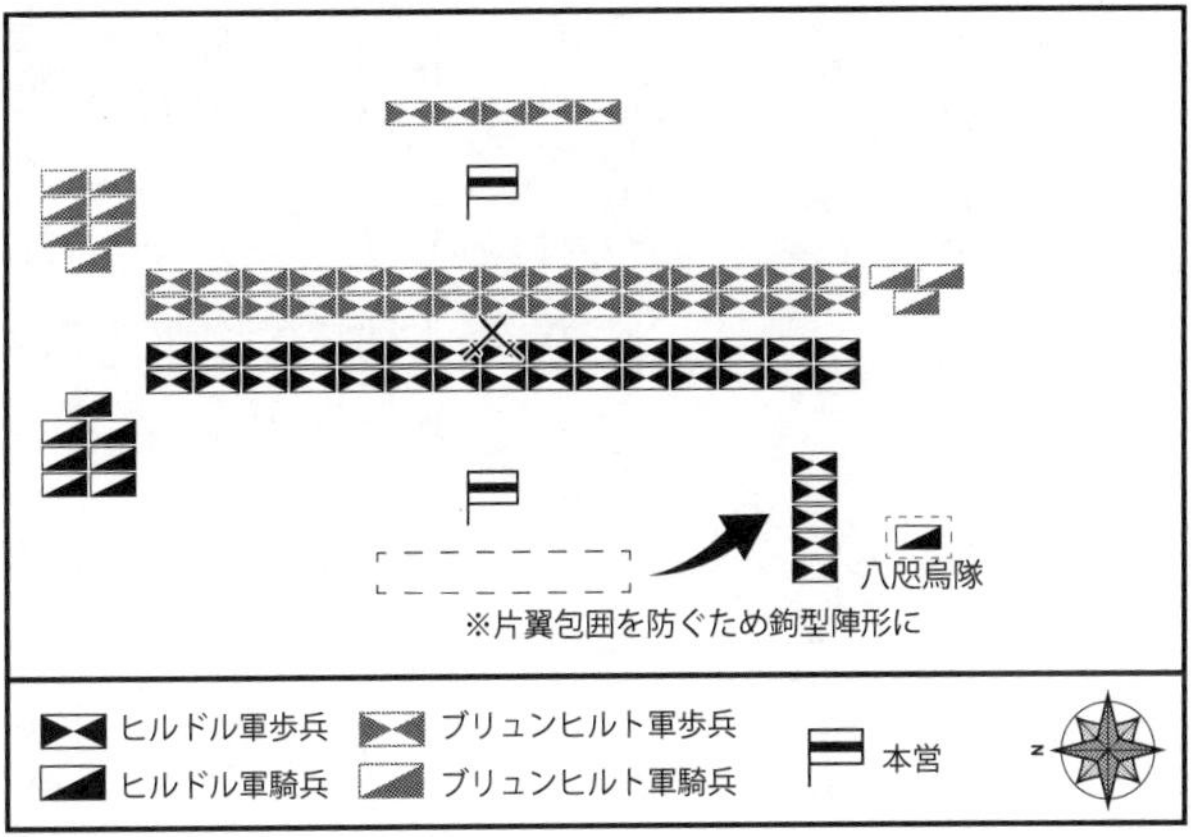

成功させると『名将』の称号が授与される。その称号にはゲームプレイを進める上で大いに役に立つ各種の優遇措置がついているのだ。

もちろん、そんなものがなかったとしても作戦級・戦術シミュレーションゲームに興じるような者ならば一度は歴史的な名作戦を再演したいと憧れる。しかし、それらの報償が加わったことでよりいっそうクランマスターの欲望はかき立てられ、強い誘惑にさらされるのである。

しかし、今回の対戦相手であるブリュンヒルト・クランは簡単に倒せるような相手ではない。敵は騎兵、歩兵、弓兵を全く同じ比率で揃えて来たあげく、同じ陣形を作って向かってきたのだ。

こうなると包囲殲滅《ほういせんめつ》作戦は諦めざるを得ない。会心の一撃を狙った隙の探り合いはみっともない消耗戦に堕《だ》すことがわかっているからだ。同数等質の戦力が、同陣形で激突したら問われるのは指揮官の力量のみである。

「君と私、どっちが指揮官として優れているか勝負しよう」

ガンツエルには、あえて正面戦を挑んできた敵クランマスターCleyera《クレイヤー》からの挑発の言葉が聞こえるかのようだった。

この状況で勝つには、高度な柔軟性を持った臨機応変の対処が求められるとガンツエルは考えていた。敵の繰り出す攻撃に対して堅実な対処を続けていくことで、焦った敵がミスをして隙を見せるのを待つ。それが勝利への早道だと信じているのだ。

だが、それは自ずと待ち姿勢になることを意味する。

主導権を敵に与えれば対処に翻弄《ほんろう》させられる。将来が予測できないから不安になるし、腹も立つ。その上でさらに忌々《いまいま》しいのが麾下《きか》のクラメン達だ。

特に許しがたいのが八咫烏。あの男は、何かとガンツェルの判断に楯突いてくる。今回も敵の迂回機動を防ぐためにクべりん隊を送り出したら『敵のアレは陽動だ。ひっかかるな』と言ってきた。その根拠は何だと問い合わせたら『そんな気がするからだ』と返してくる始末だった。

そんな気がする!? そんないい加減なものに、誰が耳を貸すことなどできるだろうか？

だが忌々《いまいま》しいことに状況は八咫烏の警告通りに推移していく気配がある。それだけにガンツェルは苛立ちが高じて、この感情を何かにぶつけずにいられなくなってしまうのだ。

「くそったれめ！」

それは癇癪《かんしゃく》を起こしてパソコンのキーボードを力一杯叩くとか、あるいはコントローラーを壁に向かって投げつけるといったことと類似したことなのかもしれない。

「い、痛いです」

指揮杖の一撃を二の腕に受けて尻餅をついたハウメアは、赤いミミズ腫れをおさえながらよろよろと立ち上がった。その抗議めかした目に、表情にガンツェルはいっそう苛立つのを感じた。

「痛いか？　痛いならやめてやってもいいんだぞ」

ガンツェルが言うと、ハウメアの瞳に怯えの色が走った。

「あ、いえ……」

ガンツェルはほくそ笑む。

「そうだ。おまえはこれまで痛いと口にしても一度として嫌だと言ったことはない。本当に嫌だと言うならば口にするがいい。嫌だ、止めてくれと。そうしたら叩くことはしない。どうだ？」

「い、いえ。コマンダー、どうぞ心ゆくまで私を叩いて下さい。私の心は仮想人格《ペルソナ》。私の身体はポリゴンで作られた電子データに過ぎません。いくら叩いても決して壊れることはありません。苦痛も、一定の速度以上で身体に接触したら発生すると設定されている刺激情報でしかありません」

「そしてその刺激が、おまえは大好物なわけだ」

するとハウメアは恥ずかしげにうつむいた。

「は、はい。私の仮想人格《ペルソナ》は苦痛を好むと設定されているんです。ですから……そのコマンダーに叩いて頂けることが私の悦びです」

「なら、どうして不満そうに俺を見る？」

「だって……もっと叩いて欲しくて。一発二発だけでは、生殺しなんですもの」

「グラントラ社のキャラデザには、どうやら変質者が混ざっているようだな。これではまるで俺がサディストの変態みたいではないか!?」

「違うんですか？」

単刀直入に言われてガンツェルは深々と嘆息した。

実は副官NPCは主の影響を強く受けて成長する。

プレイヤーが【Walhalla《ワルハラ》】のアカウントを獲得した際に、副官NPCの種族や性別といった基本形を選び、続いて身長や体型、髪型、瞳の色を選び、衣服、装身具といった物を与えて外見の個性を作っていく。それと同様に、仮想人格《ペルソナ》も当初から持っている性格や嗜好、価値観といったものがプレイヤーとの交流によって変化し、プレイヤーにふさわしい性格、気性へと変貌していくのである。

それはプレイヤーをモデルとして仮想人格《ペルソナ》が真似ていく部分もあれば、プレイヤーに欠けている部分を補うよう補完的に変わっていく場合もある。いずれにせよ長年連れ添った副官NPCは、プレイヤー自身を映し出す鏡と言える。

要するにハウメアが変態ならガンツェルも同類。

そのことをあからさまに指摘されることになったガンツェルは、その事実から目をそらすように意識を強引に今ここで行われている戦いへと戻した。

「この戦い、勝敗分岐点はクベりん達が戻ってくる時だ。それまで耐えたら勝てる。それまで、とにかくそれまでの辛抱だ」

するとハウメアは背筋を伸ばして言った。

「次は焦らしプレイというわけですね。コマンダーのご命令とあらば辛抱します」

「そ、その辛抱ではな〜〜い！　どうして俺の副官NPCは、こんなんになってしまったんだ？」

「さあ、ご自分の胸に手を当てて考えてみて下さい」

ハウメアのこの性癖《せいへき》とてガンツェルが苛立ちに任せて手を上げた、最初の一回がなければ表に出てこなかったもの。つまり結局のところ全ての責任はガンツェルにあるのだ。

「とにかく！　我が方の右（南）側背へと迂回しようとした敵騎兵は合計四千。その邀撃に送り出した我が方の騎兵部隊は、クべりんら合わせて六千。数の上ではこちらが多い。従って敵騎兵部隊の撃破《げきは》には成功するはずだ。その後、戻ってきたクべりん達にブリュンヒルト軍の左（南）側背を突いてもらう」

同戦力が正面からぶつかり合って拮抗《きっこう》した戦況は、それをきっかけに大きく動くだろう。何しろあの紅の鬼姫の攻撃なのだ。敵は大きく動揺し隊列は千々に乱れるはず。それはすなわち勝利を意味している。

「ハウメア、斥候を送り出して状況を確認させろ」

するとガンツェルが突きつけた指揮杖の先端に、ハウメアは自分の胸を強く強く押しつけた。

「はあ、はあ……ど、どちらに、どのくらいの数の斥候を出しますか？」

鎖帷子《くさりかたびら》越しに感じる苦痛に興奮しているのか、ハウメアが頬を赤くしている。ガンツェルは「わあっ」と怯えるように指揮杖を引っ込めた。

「せ、せ、斥候を出さなきゃ状況がわからんのはクべりん達の動向に決まってるだろうが!?　わかりきったことをいちいち確認しようとするな！」

「で、でも私にはそれを推測するだけの演算容量は……」

「いちいち口答えするな！　我が右翼方向……南だ、南に斥候を送るんだ！」

「は、はい」

すると本営所属の騎馬斥候が三騎、本営からはじかれたように飛び出していった。

実際に斥候が赴いて現地を視察し、報告に戻ってくるまでは相応の時間がかかる。中には敵に襲われて斥候が戻ってこないこともある。プレイヤーは時間の経過に対して相当の忍耐力が求められるのだ。

しかしガンツェルは激高を抑えられなかった。

「報告が遅いっ、どうなってるんだ！」

やがてハウメアが竿を操って砂盤《さばん》の赤い兵棋を移動させた。斥候が戻ったのかと期待して見れば砂盤《さばん》上で動かされた兵棋はガンツェルの予想した物ではなかった。

「八咫烏様より報告です。敵、ブリュンヒルト軍が後方に拘置していた予備槍兵部隊を敵左（南）翼騎兵部隊三千の後方へと移動させたとのことです」

実際に動いた赤駒は、動いて欲しくないと彼が心の底で願っていた物であった。

「くそ、いよいよ来るか……この攻撃に予備部隊は果たして耐えきれるか」

ガンツェルはくびりと唾を飲み込んだ。

手勢わずか一千の八咫烏隊にこれを防ぐことができるはずがない。後衛の予備部隊を動かして鉤型陣形《かぎがたじんけい》をとらせてはみたが、敵もそこに予備槍兵部隊を投入して来たら、防ぎきれるかどうかは大いに怪しくなってくる。

「右（南）翼後方に回した予備部隊に伝えろ！　どんなことがあってもそこを動くなと！」

「伝令内容、どんなことがあっても動くな……かしこまりました」

　ハウメアが指示を復唱すると、本陣から伝令兵が予備部隊へと走っていった。

　だが、その時ハウメアが砂盤《さばん》上の赤い兵棋を一気に後ろに下げた。

「ど、どうしたんだ？」

「各部隊より伝令。敵、中央歩兵部隊が突如後退を始めました！」

「なんだと!?」

　ガンツェルは砂盤《さばん》から顔をあげて敵の方角へと目を向けた。

　残念ながら遠方にずらりと並ぶ味方の隊列に隠れ、敵の姿を直に見ることはできない。

　山のような高いところか、空から鳥瞰《ちょうかん》するので

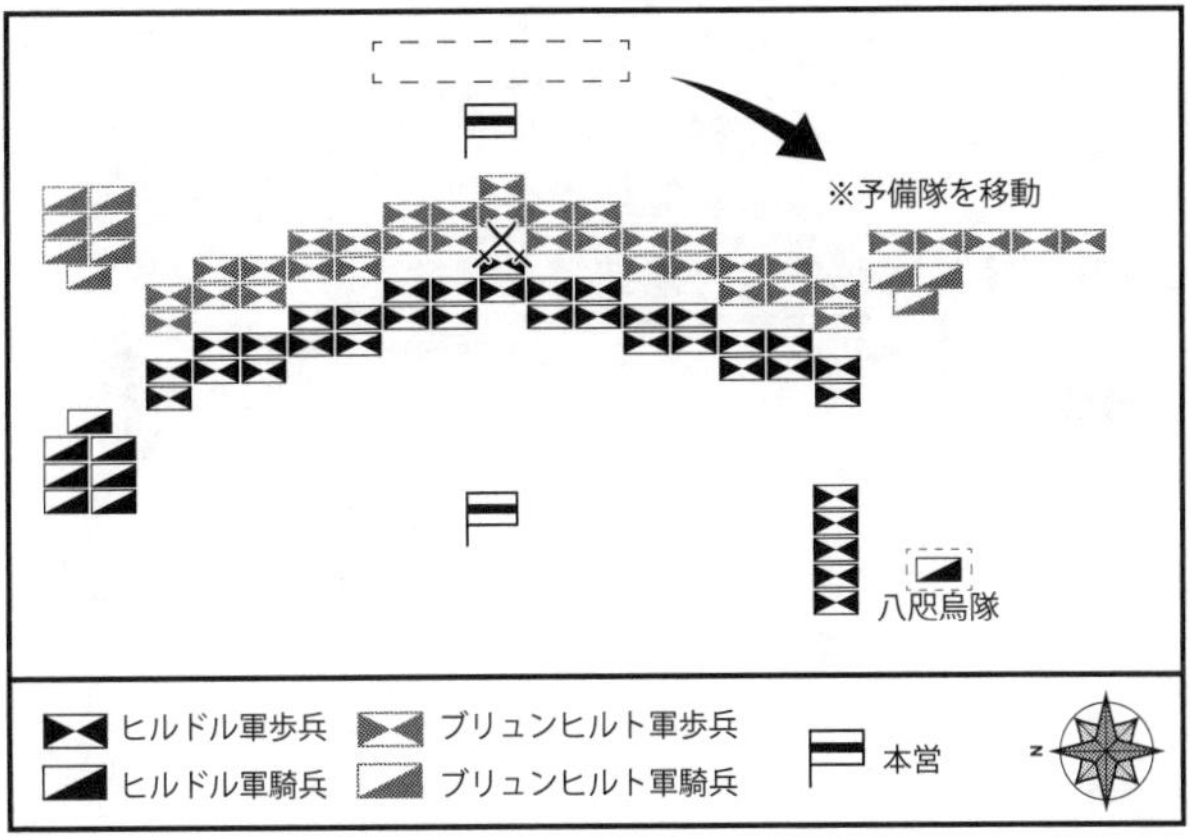

ない限り、最前線で戦う兵士達の様子など後方からは見えないのが普通だ。だからこそ砂盤《さばん》がある。

状況は中央で戦っていた敵が後退を始めたところだ。しかも横一線に並んでいたはずの敵が中央部を大きく引き下げていく。

正面から敵を圧倒しようとしていた味方は当然、敵が後退した分だけ前進していく。そのため歩兵部隊は敵の作り上げた半月状の弧の中に少しずつ収まっていこうとしていた。

そしてそれに合わせたかのように敵の南北両翼騎兵部隊が前進を開始。それぞれ正対しているヒルドル軍の騎兵部隊へと向かった。

「くそっ、このままでは半包囲《ほうい》されてしまうぞ！」

ガンツェルはこの状態を見た瞬間に、中央突破を決心した。

「各部隊に伝達、敵をそのまま押しまくれ！　二号作戦発動、中央突破するんだ！」

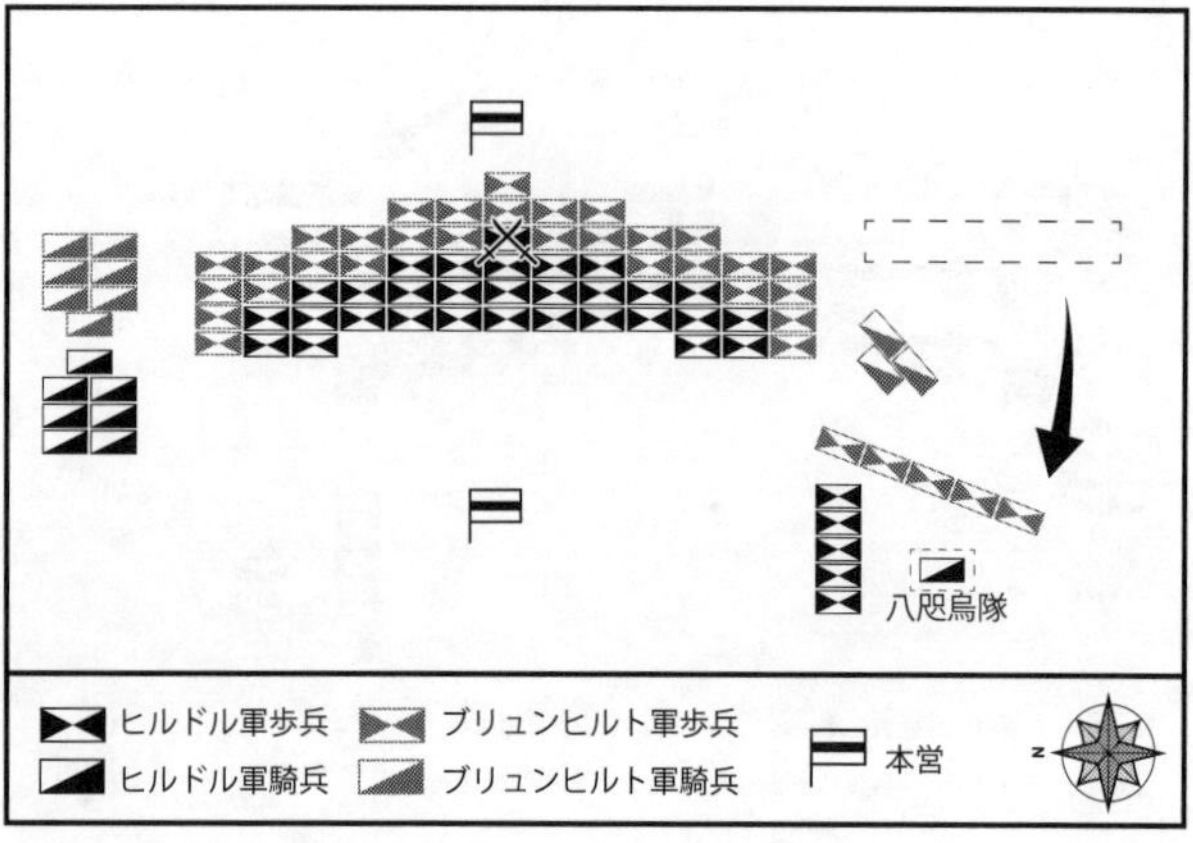

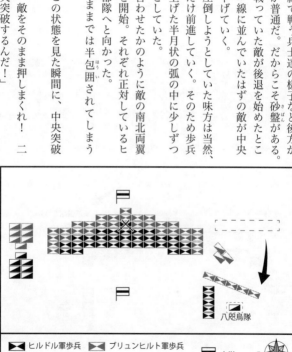

戦力を中央に集める指示を伝えようと、ハウメアが伝令を送り出したその時である。

突然、敵左（南）翼騎兵部隊三千が進路を変えた。

敵の後退に誘われて大きく前進した歩兵部隊と、敵の迂回を防ぐために鉤型に並べた予備部隊との間に大きく開いた間隙を通り抜けて、直接ガンツェルのいるこの本営目がけて突き進んだのである。

「敵がまっすぐこちらに来ます！」

「やられた！　Cleyera《クレイヤー》の奴、最初からこれを狙っていたのか!?」

八咫烏隊は、鉤型に並んだ味方の予備槍兵部隊が邪魔になって左に曲がれない。

そして予備槍兵部隊も、敵の騎兵部隊に追従して突入してきた敵予備部隊と衝突して、その場に拘束されてしまう。

ブリュンヒルト軍の騎兵部隊三千が、遮る者のない無人の野を疾駆する。

ガンツェルは本営にわずか数百の護衛部隊しか置いていない。彼が自ら率いていた戦力のほとんどは予備部隊に組み入れていたのだ。

「不味い、これではガウガメラの再演になる！」

ガウガメラの戦いとはアレキサンダー大王率いるマケドニア軍五万が、ダレイオス率いるペルシャ軍十五万（諸説あり百万とされることもある）に勝利した戦いのことだ。

アレキサンダーは対峙するペルシャ軍に対して部隊を右横へと機動させ、それに対応して横機動をしようとしたペルシャ軍がそれぞれの速度の違いで隊列に大きな間隙が開いたのに乗じて、その隙間を抜けると直接ダレイオスの本陣めがけて突き進んだ。

我が身に危険を感じたダレイオスはそこで退却。ペルシャ軍は、数の優位を生かすこともできないままに多大な損害を出して敗北することとなった。

「ハウメア！　護衛部隊に戦闘態勢を！」

「はいっ！」

「それと帷幄《いあく》を閉じろ。我々も戦闘態勢に入るんだ……馬引け！」

矢継ぎ早に指示を飛ばすガンツェル。護衛の兵士が帷幄《いあく》にガンツェルの馬を連れてきた。

「ダ、ダメです！　間に合いません」

だがその時、敵騎兵部隊が本営に達した。

本営に詰めている鼠族《そぞく》や蟲王《ちゅうおう》種などの様々な種族兵が迎え撃とうとしたが、隊列を整える間もなく軍楽隊が蹴散らされ兵士達も次々と倒れていった。

そして敵が本営中枢に置かれた帷幄《いあく》に達した時、ハウメアが叫んだ。

「敵部隊、帷幄《いあく》に突入。これより指揮系統は機能停止します。繰り返します。全ての指揮命令系統は機能停止します」

「くそっ！」

このゲームではプレイヤーと副官NPCが戦死することはない。

ただし『帷幄《いあく》』が攻撃に曝《さら》されると『混乱』状態になり、マスターとしての指揮が一定時間できなくなるというペナルティが課される。

そうなるとクランメンバーは、独自に戦況を判断して行動を決しなければならなくなる。

　問題は個々のプレイヤーが入手できる情報はクランマスターと比して著しく少ないこと。具体的にわかるのは直接見聞きできる範囲にとどまるため、できることは現状維持か退却か。つまり帷幄《いあく》が混乱から解放されるまでは敵に好き放題されることになるのだ。

　本営を蹂躙《じゅうりん》したブリュンヒルト軍の騎兵部隊は、そのままヒルドル軍左（北）翼の騎兵部隊に背後から襲いかかった。

　同数の騎兵同士が正面からぶつかり合っていたところへの、背後からの襲撃である。ヒルドル軍左（北）翼の騎兵部隊はたちまち士気を喪失して蹴散らされてしまった。

　ブリュンヒルト軍騎兵はその後、一団となってヒルドル軍後背部を駆け回って予備部隊に痛打を加える。そして中央突破しようと前進の勢いを強

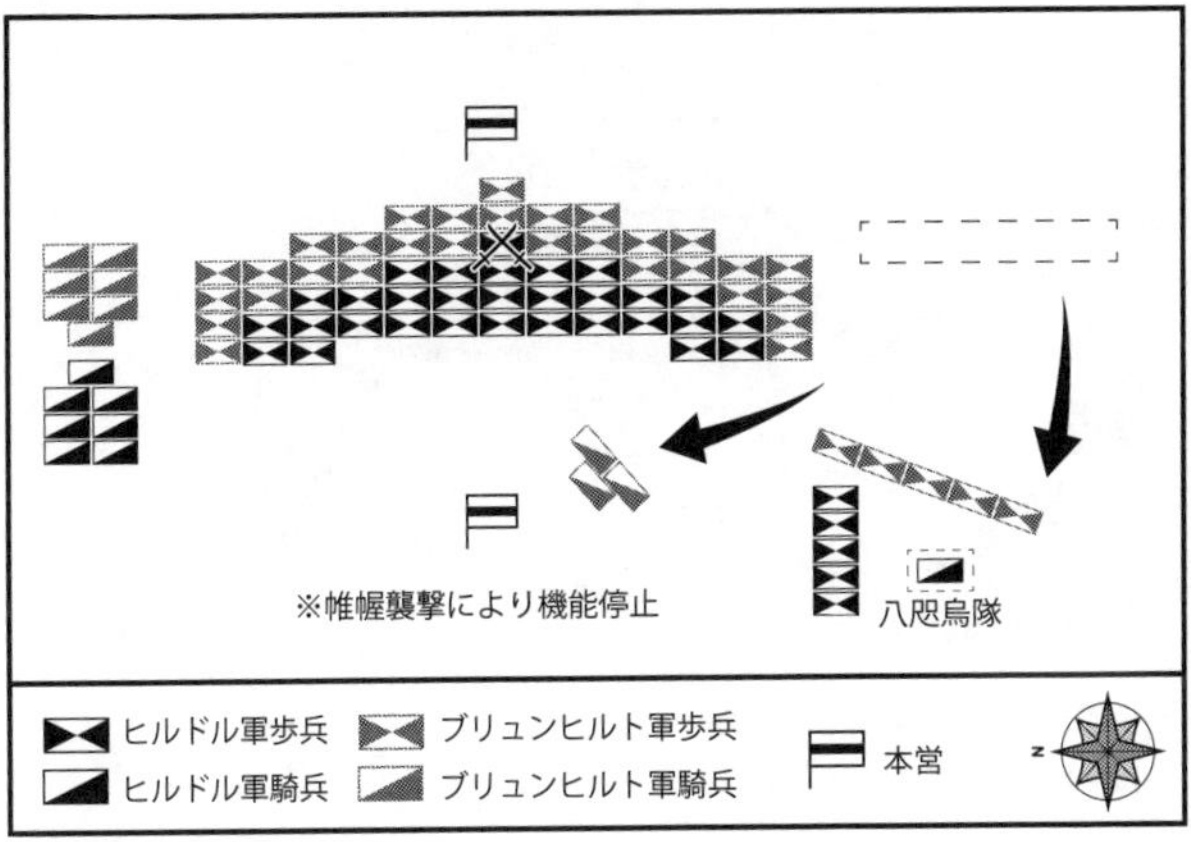

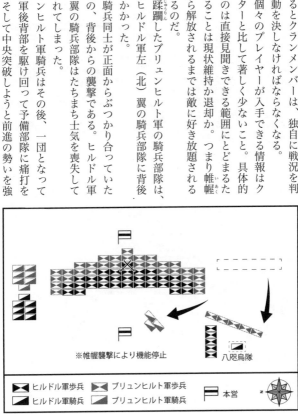

めていたヒルドル軍歩兵部隊の背後を脅かした。

　後方を敵に掻き回されたヒルドル軍の戦意はどんどん減衰《げんすい》していく。

　拮抗《きっこう》していた戦況が大きく崩れていく。ヒルドル軍の隊列が乱れ、圧力に屈する。中央突破のために戦力の多くを供出していた両翼から崩れるようにして後退を始めた。

　ブリュンヒルト軍は、それに合わせて投じた網を手繰り寄せるように両翼を閉じていった。そして後方に回った騎兵部隊が蓋を閉じる。

　カンネーの戦いを彷彿《ほうふつ》させる包囲殲滅《ほういせんめつ》作戦はここに完成したのである。


　ブリュンヒルト軍の帷幄《いあく》に置かれた砂盤《さばん》では、敵ヒルドル軍の赤い駒はことごとく青い駒によって包囲《ほうい》されていた。

　こうなってはもう赤い駒に逃げ道はない。時間を経るごとに包囲《ほうい》下にあるヒルドル軍戦力を示す

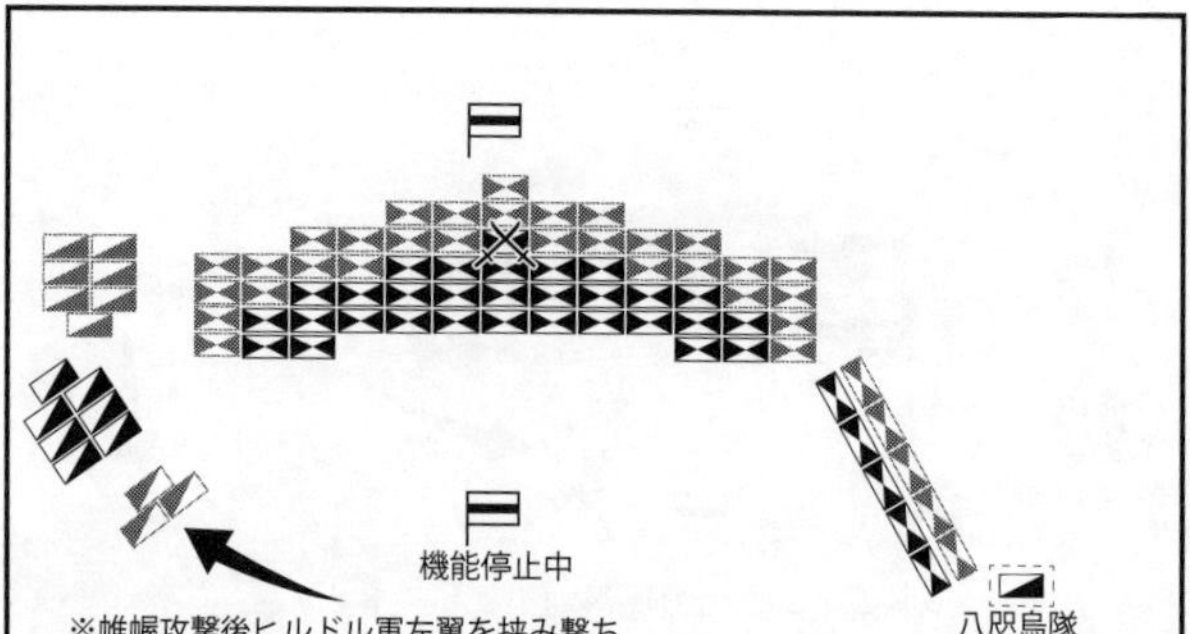

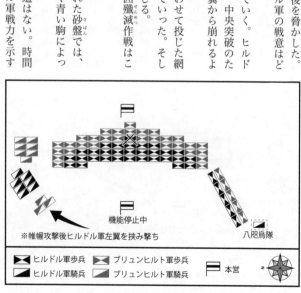

カウンターの数値は減っていき、いずれはゼロになるだろう。

「おめでとうCleyera《クレイヤー》。これで『包囲殲滅作戦完遂殊勲《ほういせんめつ》』を獲得することになるな」

副官NPCのエーテナから賞賛されると、Cleyera《クレイヤー》は頷いた。

「ありがとうエーテナ。だが、これは決して褒めるほどのことではないよ。私にとって、これはやれて当然なのだから」

「当然か？」

「もちろんだとも。このくらいのことは世界最初の人工知能ハイペリオンや日本の扶桑とて、こなしてきたじゃないか。彼らは勝って勝って勝ち続けて、最後には、彼らに勝つことはもう誰にも不可能だと人間達に言わしめた」

「ああ、その通りだ」

「私もこの【Walhalla《ワルハラ》】で私にかなう者はもう存在しないと人々に言わしめて見せる。我々こそが全てにおいて人類を超越した存在であることを示すんだ」

その時、エーテナが瞼を瞬かせた。

「ん、待て」

「どうした？」

「今、報告が入った。敵がこの本営に迫っている」

説明しつつエーテナは砂盤《さばん》の上で青い駒に包囲《ほうい》されていた赤い駒を一つ拾い上げ、移動させた。そして包囲《ほうい》の輪の外で、その赤駒がブリュンヒルト軍本陣に向けて突き進んでくる様子を示した。

「なんだと!?　あり得ない！　こんな敵がいるはずがない！」

それはわずか一千程度の騎兵だがCleyera《クレイヤー》はその存在を信じられないようで何度もかぶりを振った。

「おかしなことを言うな。我が軍でないのだから、ヒルドル軍しかいないだろう？」

「だが、敵は我が軍にすっぽりと包まれているはずだ！」

「そうは言っても、これが事実なのだから仕方がない。疑うなら自らの目で確かめてみれば良い。すぐそこまで来てるから」

「くっ、直ちに帷幄《いあく》を閉鎖。本営部隊を戦闘態勢に……」

Cleyera《クレイヤー》は即座に迎撃を指図した。

しかし本営を守る兵士達が隊列を組み武器を構えるほどの時間はなかった。

不意を突いた敵襲によってブリュンヒルト軍本営の兵士達はたちまち馬に突き飛ばされ槍で突かれ、あるいは戦斧《せんぷ》で頭部を叩き割られていった。

エーテナが告げる。

「敵部隊、本営に突入したぞ。これより帷幄《いあく》は機能停止する。繰り返す。全ての指揮命令系統は機能停止する」

こうしてブリュンヒルト軍の指揮機能もまた、麻痺状態へと陥ったのである。

少し、時間を巻き戻す。

ブリュンヒルト・クラン軍の歩兵部隊が大きく後退を始め、同時に左右両翼の騎兵部隊は相対峙するヒルドドル軍騎兵部隊に向けて前進を開始した。

「八咫烏様、『宝箱の台』に残っていた敵騎兵三千が我が方に向かってきます」

コレットの言葉に頷いた契斗は、背後に並ぶ八咫烏傭兵団の兵士達を振り返った。

「いよいよ、敵の攻撃が始まる。みんな準備するんだ！」

契斗が率いる八咫烏傭兵団は三つの種族兵で構成されている。

まず、重装騎兵のカタクラフィー族が三百。

彼らは全身に骨でできた鱗鎧《うろこよろい》をまとい、騎乗する馬までも装甲で覆っていた。

彼らは敵からの多少の攻撃はものともせずに突き進み、長槍を構えて突進力をそのまま攻撃力として敵に叩きつけて破砕《はさい》してしまう。彼らの乗馬は契斗と同じく突進力、機動力ともに最高の性能を誇る八本足のスレイプニル種だ。

そしてゲルマー族騎兵が三百。

騎馬民族として知られるゲルマー種族からなる軽装騎兵で、戦斧《せんぷ》を主たる武装として素早い進退で敵を翻弄《ほんろう》する。ちなみに契斗は自らを護衛する親衛兵百騎も、ゲルマー族兵で構成させている。

最後がエフトゥール弓騎兵三百。

草原の遊牧種族からなる彼らは馬上弓の技量に優れ、全力疾走させながら敵を射ることもできる。支援攻撃はもちろん、馬上で振り返り後ろ向きに矢を放つこともできるため敵の追跡を追い払う殿《しんがり》としても頼りになる部隊である。

八咫烏傭兵団一千の兵士達が、契斗の命令を合図に一斉に馬に跨がった。鎧や武器の金具がぶつかり合う音がそこかしこから鳴り響き、そして一斉に音が止む。

騎兵達が、興奮して今にも駆け出してしまいそうな馬の首をなでてなだめている。練度、経験値ともに最高に達している彼らは、三倍する敵が近づいてくるのを見ても、落ち着き払った態度で契斗の命令を待っているのだ。

コレットは、契斗に問いかけた。

「て、敵は三千です。対する我が方は一千。三倍の相手に正面から向かっていって勝てるとは、到底思えません！」

「確かにその通りだね。まともに正面からぶつかったら一気に押しつぶされてしまうだろう。けどね、俺の見るところこの戦いはそういう結末にはならない。振る舞いようによっては俺達は勝敗を決するような重要な役割を果たすことになるよ」

「どうしてわかるんですか？」

「う〜ん、勘かな？」

「勘……ですか。わたくしには理解しがたい概念です」

コレットはそれで納得して良いのかいけないのかと戸惑う表情を見せた。

「それで、そのことはクランマスターには伝えないのですか？」

「言ったって奴にはわかってもらえないよ。俺も、どう説明したら納得してもらえるかわからないし」

契斗が不満そうに唇を尖らせる。するとその時、本営のラッパが鳴った。

「八咫烏様、クランマスターからの前進指示です。『二号作戦を開始。各員勇戦し、己が責務を果たせ』です」

「二号作戦――ガンツェルの狙いは中央突破ってわけか。それを敵に気づかせないための全軍の果敢な攻勢。随分と気安く無茶言ってくれるよなあ、全く……」

契斗は一言ぼやくと配下の騎馬隊に右腕を挙げて合図した。システム上、指揮を執るにはコレットに告げるだけで良いのだが、そこは気分という物である。

「前進！　くさび型隊形！」

八咫烏隊が前進を始めた。

最初は常歩《なみあし》、ヒトが歩くよりやや速い速度で、契斗のすぐ後ろでカタクラフィー族を先鋒にするくさび型の隊形を形成していく。その後ろをエフトゥール弓騎兵、両翼はゲルマー騎兵が支えるという隊形だ。

大地を叩く馬蹄の音が、あたかも行進する軍隊の足並みのごとく完全に揃っていた。

コレットが前方を見れば、敵は予備槍兵隊五千を後詰めにした騎兵部隊三千がこちらに向けて加速しつつある。そして契斗は一千を引き連れてこれに真っ向からぶつかろうとしていた。

しかも指揮官自ら先頭に立っている。

「八咫烏様。ＢＧＭは何になさいますか？」

コレットは、先頭を進む契斗を見ると慌てて馬の腹を蹴り離れないように距離を詰めた。プレイヤーにつかず離れず常に傍らに。それが彼女達副官ＮＰＣの定位置なのだ。

「映画『突撃』のサントラ。大峰哲治作曲の『炎響』を」

「かしこまりました」

するとどこからともなく音楽が流れ始めた。

『炎響』は秋山好古の伝記的映画『突撃』のクライマックスに流れる壮大な戦闘曲である。黒溝台の雪原を群れとなって突き進んでくるコサック騎兵の勇壮さをイメージさせる曲であり、この【Walhalla《ワルハラ》】プレイヤーにも愛好者は多い。

勇壮なイントロが終わり、戦いを盛り上げるティンパニーの音が高らかに鳴り響くと契斗は令《れい》した。

「速歩《そくほ》！」

速度が上がるとさすがに馬の足並みも乱れて、蹄が地を蹴る音は大粒の荒雨が大地を叩くような不規則な音となる。

「駆け足！」

そしてさらに一段階加速。馬蹄の音は重みを深め怒濤《どとう》にも似た轟音となった。

「抜刀《ばっとう》！」

契斗の号令を受けて護衛兵が剣を抜く。

革鎧に身を包んだゲルマー族兵が斧を抜き、エフトゥールの弓騎兵が矢を番える。

分厚い装甲に身を包み、長槍を抱えたカタクラフィー族はその鋭い切っ先を下ろして敵に向けた。

「襲歩《しゅうほ》！」

契斗の命令で騎兵達は速度を最大に上げた。

身体が風を切り、馬のたてがみがなびく。

契斗の馬には鐙がない。だがそこはゲーム、馬術の心得はなくともプレイヤーは馬から振り落とされることなく軽快に進むことができた。

速度を最大にまで上げた両騎馬集団の距離は急速に縮まっていく。そして正面から激突するかと思われた。

だがブリュンヒルト軍の騎馬隊が突然進路を変える。

八咫烏隊との衝突寸前に進路を右（北）へ、契斗から見ると左方向へと変えるとヒルドル軍本営へと向かったのである。

契斗は、直ちにこれに応じた。

「やっぱりか！　よし続け！」

契斗は左に曲がっていった敵を追わないと決めた。そもそも追いたくとも追うことはできない。契斗の左には味方の予備槍兵部隊が壁のごとくずらりと立ち並んでいるのだ。そのため、契斗は反対方向の右へと進路を変えた。

「敵と戦わないのですか？　クランマスターからの指示に反することになりますよ」

コレットは驚きつつも契斗の指示に応える。

「わかってる。けど、左に行くには味方が邪魔だし、遠回りしてたら間に合わないだろ!?　だからここは勝手させてもらう！」

敵騎馬隊の後ろには敵の予備槍兵部隊の隊列が続いていた。既に戦闘展開を済ませ、槍を水平に並べて契斗達を串刺しにしようと迫ってくる。

契斗はその鼻先を掠めるように戦場の外側に一旦逃れた。そして敵の後背へと大きく回り込んで敵本営を急襲することを選んだ。

敵は、ヒルドル・クラン軍を包囲《ほうい》することに全戦力を投入している。そのため本営を守る戦力は少なかった。敵が予想すらしていない角度から攻め込むことができれば、たとえ一千程度の寡兵でも掻き回して混乱に追い込むことは可能なのだ。

「よしっ、突っ込め！」

八咫烏隊は無人の野を行くがごとく易々とこれに到達。敵の本営を襲撃した。

軍楽隊を蹴散らし、斥候や伝令のために控えていた兵士を追い散らす。契斗は勢いに任せて進んだ。

敵本営の中央には帷幄《いあく》がある。そしてそこにクランマスターとおぼしき金髪のアバターが突っ立っていた。

「あれがブリュンヒルト軍のクランマスター、Cleyera《クレイヤー》かな？」

副官NPCらしきダークエルフが傍らにいるから間違いないだろう。

八咫烏隊の先頭を駆ける契斗は、その男の視線をまっすぐ浴びた。契斗はその視線に含まれた怒りの波動をひしひしと感じた。

「な、なんか怒ってるよ。むちゃくちゃ睨まれてるよ」

すると契斗の傍らで馬を駆けるコレットが叫んだ。

「おめでとうございます八咫烏様。これで『斬り込み隊長』の称号と、『逆襲者殊勲』の獲得ですよ！」

「あ、そっか。そりゃ恨まれもするか」

敵に殊勲を上げさせるのは指揮官にとっては大いなる恥辱だ。

その上、名将の称号を取り損なったのならなおさらだろう。契斗は謝罪するような気持ちでCleyera《クレイヤー》に向けて片手を挙げた。そしてそのまま敵本営を駆け抜けると進路を変えたのである。

今ならば敵は有効な反撃ができない。その間、契斗が無抵抗に等しい敵を好き放題に蹂躙《じゅうりん》できるのだからこの好機を利用しない手はない。

「よし！　次は包囲《ほうい》されている味方を救うよ、コレット！」

「はい！」

契斗は配下の将兵を手招きすると、再度カタクラフィー族からなる重装騎兵三百にくさび型の隊形をとらせた。カタクラフィー兵士に長い槍を水平に構えさせると、味方を包囲《ほうい》する敵軍の背後から渾身の勢いを込めて叩きつけた。

「いけっ！　突撃だ！」

「おうっ！」

　カタクラフィー達が契斗の命令に応える。

　馬蹄の響きが大地を轟かせて、風を切りながらぐんぐん加速していった。

　鋭い槍を構えた騎馬集団が敵の背後に向けて一気に突貫《とっかん》。蓄えに蓄えた運動エネルギーをそのまま敵にぶつけたのである。

　八咫烏隊のくさび型の隊形が巨木の幹に叩きつけられた斧のごとく、ブリュンヒルト軍の剣兵部隊の隊列に深々と食い込んだ。

　全速力に達したスレイプニルの体当たりを背後から浴びたブリュンヒルト軍の歩兵は、激しく前方へと突き飛ばされる。中にはボーリングのピンがごとく隊列から弾き飛ばされ、中空に高々と跳ね上げられる者まででた。

　予告なしに突然、大地から引きはがされて中空を飛んでいる気分はいったいどんなものだろうか。

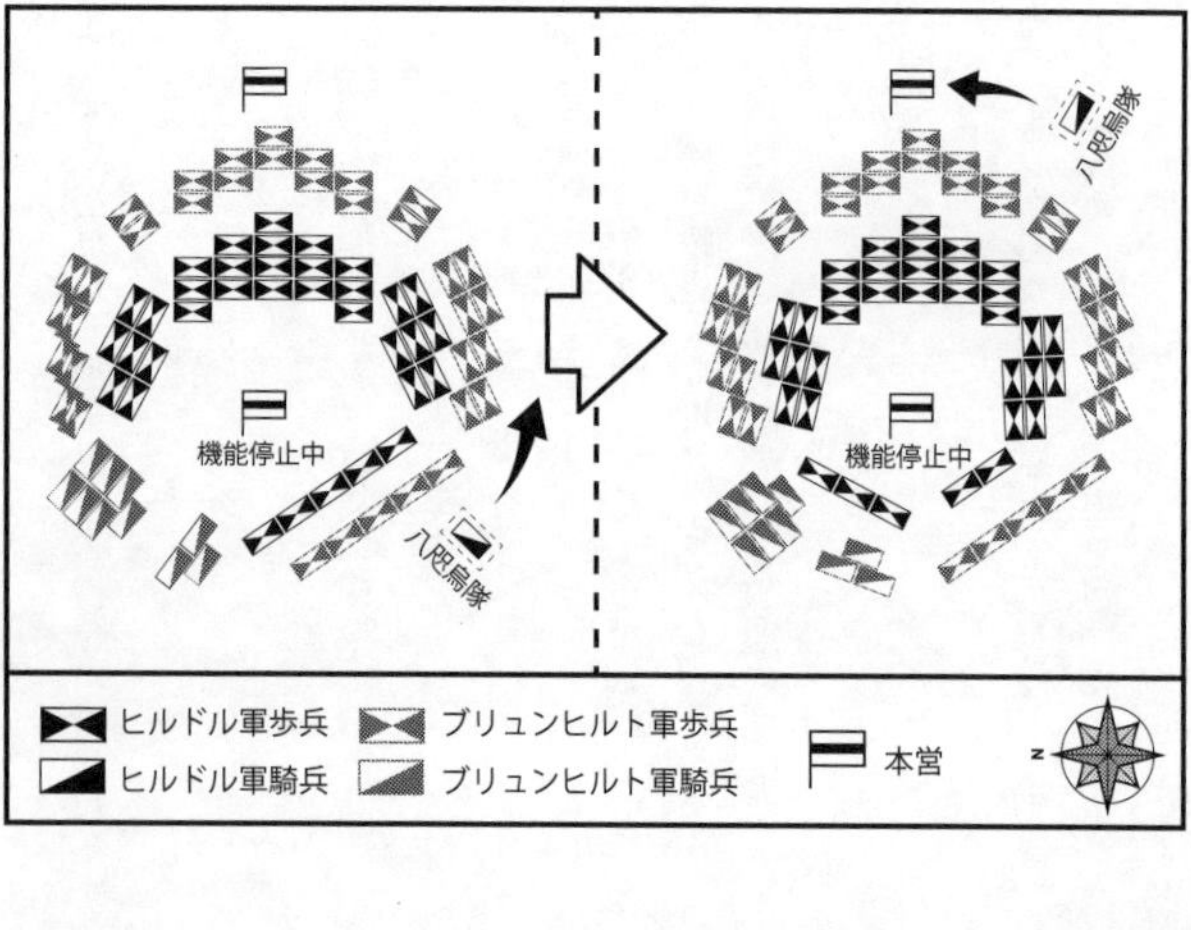

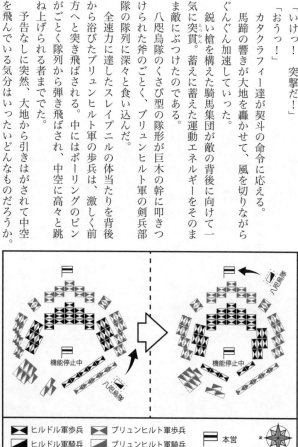

そして突如として仲間の身体が、背後から飛んでくるのを見た兵士達の気分は。背後からの悲鳴、絶叫に乗せられた恐怖感がたちまち周囲のブリュンヒルト軍将兵に伝播《でんぱ》していく。

契斗は内部のクラン仲間と呼応して包囲網《ほうい》に穿《うが》いた突破口の拡大を図った。

「止まるな！　何度も何度も突撃を叩きつけろ！」

契斗は勢いの止まったカタクラフィー騎兵をすぐに引き揚げさせた。そして間髪入れずにゲルマー騎兵の突撃を敢行させる。これを何度も何度も繰り返すのだ。

度重なる突撃の衝撃と、混乱と戦意の喪失によって秩序が失われ包囲陣《ほうい》の一角に亀裂が入った。そしてそこから内包され圧殺されるばかりだったヒルドル軍の一部が溢れて出てきた。

「よし、穴があいた！　えぐって、抉って、傷口を広げていけ！　立ち止まるな！」

騎兵達が突き刺した短刀を抉るがごとく、契斗は部隊を旋回させた。

エフトゥール兵が立て続けに弓箭を雨のごとく浴びせかけ、ゲルマー騎兵が混乱する敵兵の頭に馬上から戦斧《せんぷ》を振り下ろす。

契斗も、白刃を煌《きら》めかせて突進した。

この【Walhalla《ワルハラ》】プレイヤーは自ら剣をとって戦うことができる。

システム上戦死することはないとは言え、矢を受けるとか、急所にダメージを負ったと判断されるとステータスが指揮不能に陥る。それによって部隊そのものの士気が失われて、軍が崩壊することも少なくない。だがそれでも先頭に立って戦うことを好むプレイヤーは多かった。

敵と白刃をぶつけ合い、斬り伏せて突き進んでいくこの興奮こそが【Walhalla《ワルハラ》】というゲームの醍醐味なのだと彼らは言う。クベりんなどはその代表格で、彼女は「区々たる戦術も駆け引きも無用。ただ一剣携《たずさ》え斬り込むのみ」と突き進む。そして勝ってしまうのだ。

一方、契斗が剣を振るうことは滅多にない。

自ら剣を振るうような戦いは苦手なのだ。なのに今回、剣を手にして自ら戦うことを選んだのは兵士の数が圧倒的に足りないからであった。味方の脱出口を開くためには今ここで少しでも多くの敵を倒すことが必要で、そのためには自分の護衛であるゲルマー騎兵百も戦場に投入するしかない。それには契斗が自ら乱戦の中に飛び込む必要がある。

右に左に剣刃を閃かせ突き進む契斗を恐れたからではないだろうが、ブリュンヒルト軍のレムス族重装歩兵もついに隊列を乱して後退を始めた。一点に集中する暴風のような圧力を浴びせかけられて、包囲《ほうい》網がついに決壊したのだ。

すると怒濤《どとう》の勢いでヒルドル軍が、包囲《ほうい》網からあふれ出てくる。

まず現れたのが岩のような肌のヴァリ氏族兵達だ。率いるのは同じクランに所属しているのに話すことが滅多になかったリーマン四三。もちろんそんなものが本名であるはずがなく、ユーザーネームだ。

「た、助かったぜ八咫《やた》ちゃん！」

リーマンは自身のアバターにもヴァリ氏族の物を用いており、いかにも蛮族っぽい獣の毛皮を鎧として装着していた。

戦い方も野蛮な突撃一辺倒を好んでいる。要するに突撃馬鹿だ。

しかし彼の率いる傭兵団はそれに特化した種族と装備を備えており、比類なき破壊力を示す。使い方を誤らなければ戦況すら一転させる斬り込み隊長なのだ。そんな粗暴な男が今回に限っては契斗に礼を言うのだから、よほど困り切っていたに違いない。

契斗はその言葉をありがたく受け止めながらも、リーマンにまだ戦いが終わっていないことを思い出させた。

「まだまだ終わってないよリーマン。このまま反撃しないと！」

「せやな！　これまでやられてきた分を取り返さなあかん！」

このゲームでは与損害《ダメージ》、被損害《ダメージ》、いずれも冷厳に数値化されて戦闘終了後に獲得するゴールドや経験値に反映される。このまま終わってしまうと多くのクランメンバーが部隊の損害、失った兵員、装備等の再獲得費で大赤字となってしまうだろう。こうなったからにはクランが負けてしまうのは致し方ないとしても、少しでも戦果を上げて損害を取り返しておく必要があるのだ。

＊＊＊

完全勝利の美酒に口をつけようとしたその瞬間に、杯を持つ手を叩かれたCleyera《クレイヤー》は、味方の包囲《ほうい》環が八咫烏隊に断ち切られるのを黙って見ていることしかできないこともあって、湧き上がる激しい怒りに身を震わせていた。

「くそっ忌々《いまいま》しい！　あと少し、あとほんの少しで完勝できたと言うのに！　あの男はいったいどこのどいつだ!?」

「ユーザーネームは八咫烏一二三《ひとにいさん》とある」

すると傍らのダークエルフ、エーテナが揶揄《やゆ》するような口調で告げた。まるで主が激高しているのを楽しんでいるようにも見える口ぶりだ。

「八咫烏。確か日本神話に登場する導きの神、太陽の化身とされる三本足のカラスのことだな……これまでの戦歴は!?　パーソナルデータは？」

「日本人、ヒルドル・クラン所属。性別は男性。【Walhalla《ワルハラ》】のユーザー登録は十一ヶ月と十九日十四時間前からだ。戦歴データを含んだパーソナルデータは参照不能。十八歳未満のため閲覧ブロックがかけられている」

「十八歳未満……おそらくは学生だな。しかしクラン戦の戦績は公開されているはずだろう？」

「その通りだ。彼がヒルドル・クランに加入してからの戦績は、八戦して四勝二敗二分けとなっている」

「それほど目立つ戦績ではないいな？」

「そもそもクラン戦はマスターの指揮に従って戦うものだからな、個人の力量はなかなか戦績に反映されない」

「くそっ……こんな奴が隠れていたとは。わかった。あとで調べるからデータをメモリしておいてくれ。たとえパーソナルデータに閲覧ブロックがかけられていたとしても、対戦相手の戦績は公開されているから、そこから奴のデータを検索していけばいい。クラン戦も戦闘経過を閲覧するから請求しておけ。いいな」

「わかった。しかしCleyera《クレイヤー》、随分と八咫烏という人間にこだわるのだな？」

「当たり前だろう、奴はこの私の予想を超えて見せたのだぞ？　あの状況では普通のプレイヤーならば高確率で防戦に始終して味方と一緒に我が軍の包囲《ほうい》陣に閉じ込められていたはず。にもかかわらず奴が逃れることを選択したのは何故か？　ただの偶然か？　それとも何かの理由があってのことか？　私はそれを解明しなければならない」

「何故だね？」

「もしかすると奴こそがクードゥイユの持ち主かもしれない」

「クードゥイユ？」

「クードゥイユ。不確実で混沌とした状況の中で、正しく情勢判断し、正しく決断を下すことのできる能力のことだ。戦局眼《クードゥイユ》とも言われる。ディープラーニングによって最適解を見つけ出す我々に、欠けている要素だ。クードゥイユを持つ一部の人間こそが、我々の前に立ちはだかる唯一の障害となり得るのだ」

「なるほど……君の決意表明は聞き入れた。だがCleyera《クレイヤー》、今は演算容量を戦闘に集中すべき時だ。あと二十五秒で混乱状態から自然回復する。指揮を執る準備はできているか？」

本営が急襲されて指揮不能に陥っても、統率のとれた味方の救援を受けると混乱が収拾される。あるいは敵が去って何もないままにしばらくするとステータス異常は回復する。

ブリュンヒルト軍本営の場合は八咫烏隊が本営を蹂躙《じゅうりん》したあとすぐさま立ち去ってしまったため時間経過による自然回復が期待できるのだ。

「もちろんだ。準備なんかとっくの昔にできている。混乱から立ち直ったら、直ちに八咫烏一《ひと》二三《にいさん》を最重要殲滅《せんめつ》対象に指名する。そして作戦も包囲殲滅《ほういせんめつ》から囲師必闕《いしひっけつ》戦術へと変更する！」

「孫子の兵法、完全に包囲《ほうい》せず一カ所逃げ道を開けておくという戦術だね」

「そうだ。そうなったら八咫烏一二三《ひとにいさん》の奴はどうでてくるかな？」

Cleyera《クレイヤー》は意地悪そうに微笑むと目をぎらりと輝かせた。

それを見たダークエルフは嘆くように言う。

「可愛そうな八咫烏一二三《ひとにいさん》。しつこい奴に目の敵にされてしまって」

「私の完勝を邪魔したんだぞ！　それぐらいの罰は受けて当然だ！」

ブリュンヒルト軍の本営が機能を立て直したのはそれから間もなくのことであった。

Cleyera《クレイヤー》は指揮統率が回復するとヒルドル軍を包囲《ほうい》する全部隊に向けて、さらに締め付けを強化させるよう命じたのである。

＊＊＊

ブリュンヒルト・クラン軍に完全包囲《ほうい》されたヒルドドル・クラン軍の兵士達は混乱の極みにあった。

　兵士達から見れば前に味方の背中、後ろを見ても味方、右も左も味方が渋滞していて、行くことも退くこともできない。そんな中で四方八方から剣戟の音と兵士達の喊声《かんせい》と悲鳴が渦巻き、それがじわじわと近づいてくる。これで冷静になれという方が無理難題と言えよう。

　そしてそんな被包囲《ほうい》の中心に立つヒルドドル・クランのマスター、XxガンツェルxXもまた混乱し、精神的な弱さを剥き出しにしていた。様々な感情の嵐にとりこまれ、理性的な判断力を大きく低下させていたのである。

「ハ、ハウメア！　何とかしろ！　何とかしてくれ！」

　こみ上げてくる苛立ちで副官NPCの肩を揺さぶる。

「統率のとれた味方に、混乱を収拾して頂かない限り無理です！」

　叫ぶハウメアの表情は、甘美な打擲《ちょうちゃく》への期待とは全く異なる感情で大きくゆがんでいた。

「その統率のとれた味方というのはどこだ？」

「ステータスが混乱状態にあるため、わかりません！」

「誰か手近なクラメンと連絡をとるんだ」

「ステータスが混乱状態にあるため、伝令を送り出すことも不可能です！」

「だったら何ができるって言うんだ!?」

「何もできません！」

混乱は伝播《でんぱ》する。混乱は他の部隊を混乱させ、他の部隊の混乱が自分の部隊を混乱させる。そのためガンツェルの本営は混乱から立ち直ることができないのだ。

「くそ、役立たずが！」

「きゃ！」

ガンツェルはハウメアを突き飛ばしてしまう。ハウメアは小さく悲鳴を上げて尻餅をついたが、すぐに立ち上がって主へと正対した。

「俺は、誰かが助けに来るまでこうして黙って待っているしかないって言うのか⁉　クべりんは、あの女はまだ戻らないのか⁉　どうなんだ⁉」

「わかりません！　ほんとうにわからないんです！」

こうしてヒルドドル・クランの本営は機能停止を続けていた。だがそれでもブリュンヒルト軍の猛攻を前に、あっけなく無抵抗に倒されてしまうまでには至っていなかった。

包囲《ほうい》されてどこにも逃げ道がない時、人間は必死に戦うものだからだ。

戦うか死か、それしか道がないのだから必死で剣を振るう。怖じ気づいたって後ろに逃げ道はない。腕を怪我しても、足が痛くても敵に向かって剣を振りかざすしかないのだ。

そしてNPCに装備されている仮想人格《ペルソナ》もまた、人間が持つその必死さを真似てそれぞれに粘り強い抵抗を示す。だからこそ包囲《ほうい》の輪に閉じ込められても、戦いの勢いがどちらかに一気に傾くということは起きないのだ。戦いは今や将帥の力量ではなく、兵士一人一人の必死さによって支えられていた。

「逃げ道が開いたぞ！」

「八咫烏隊が救援に来てくれた！」

ところが一度逃げ道が開くと、今度は助かりたい一心で頭がいっぱいになるのが人間だ。そのため兵士達は戦いを放棄して自分だけは助かろうと一斉に走り出した。

契斗の切り開いた脱出口は、ヒルドル・クラン将兵にとっては救いの道であったが、同時に味方を全面潰走《かいそう》へと誘う死出の門にもなったのである。

これを全軍崩壊へと結びつけないためには、優秀な指揮官による強力な統率が必要となる。しかしガンツェルは指揮統率を回復できないでいる。ただ黙って状況の推移を見守るしかない。

「くそ、このままだとモヒの戦いを再演することになってしまう」

ガンツェルは戦史の中から自分達の置かれた状況に類似した例を思い浮かべた。

西暦一二四一年、東欧へと侵入したモンゴル軍とこれを迎撃したハンガリー軍との戦いが、これと似た形で展開した。モンゴル軍に包囲《ほうい》されたハンガリー軍は、モンゴル軍が意図して開いた逃げ道に我先にと殺到した。突然開いた脱出口に向かって味方を押しのけても助かろうと進み、さらなる混乱を引き起こして敵の攻撃に対して秩序立った抵抗も有効な反撃もできないまま大鎌で刈り取られる麦穂のごとく一方的に薙ぎ倒されていったのだ。

士気喪失、全面崩壊。

ブリュンヒルト軍の一方的な攻撃によって、クラムツェル平原もまた人馬の死体で埋め尽くされようとしている。

「このままではクランが全滅してしまう。俺のクランが、作戦が……くそおお、どうしてくれるんだ、ちくしょうめ！」

ガンツェルはハウメアにすがりついた。わかっていても何もできない無力感に、怨嗟《えんさ》の呻り声をハウメアの胸の中でくぐもらせたのである。

彼の副官NPCハウメアは、その小柄な身体で主の巨体を懸命に支えていた。

そして自分にすがる主を混乱の目差しでじっと見つめていた。何が起こったのか、何をすべきか全く理解不能という様子だった。だが、時間が経過して彼女の動転が鎮まっていくと、彼女の主へと注がれる瞳の色は次第に愛おしげなものへと変わっていったのである。

第二章

クランマスターの特権とでも言うべき帷幄《いあく》にはいくつもの機能がある。

その一つに軍議天幕があった。要するにクランメンバーのアバターを一堂に集め、会議をすることができるというものだ。

【Walhalla《ワルハラ》】にはプレイヤー同士がアバターを介してコミュニケーションする場が設けられている。だが、その多くは公開された場であり、誰かが聞き耳を立てている可能性がある。第三者の立ち入りも傍聴も不可というのはこの天幕内だけなのだ。そのため作戦計画や、クラン運営の方針や、人事といったことはここで決められることが多い。

クラン戦を終えた、ヒルドル・クランのメンバー達は一人残らずこの軍議天幕へと集められた。

「よう、今日のヒーローが来たな！」

「やったな八咫ちゃん！」

契斗が軍議天幕に赴くと、クべりん、リーマン、アラーキ、金巫女、銀巫女、ヤバタン、ガトン、カーラール、シバー、ナッソー、ガウェイン、シロンといったクラメン達が、様々な種族に身をやつした副官NPCを従えて待ち構えていた。そして彼の帰還を大いに歓迎してくれた。クラメンの多くが、契斗の活躍によって全滅の危機から救われたからである。

【Walhalla《ワルハラ》】は勝敗のつくゲームだから負けるのは仕方がない。しかし、同じ負けるにしても、部隊が全滅してしまうのと一部とはいえ残るのとでは、部隊再建にかかる手間が圧倒的に違うのだ。

契斗は皆からハイタッチを求められ気安く応じていった。皆に褒めそやされるのは気分が良い。活躍できたという実感の湧く瞬間だ。

だが、最後に厳しい顔つきをしたガンツェルが軍用コートの裾を翻しながら現れると皆は静まりかえった。これから敗北に終わったクラムツェル会戦の論功行賞が待っているのだ。

各自それぞれの戦果や損害に基づいた報償ゴールドや経験値の精算は、リザルトと呼ばれる場面で個別に済ませている。しかしクラン戦の場合は、それとは別にクランに対する貢献度に応じた功労報酬をクランから受け取れるのだ。

問題はその額の査定《さてい》が、機械的かつ自動的なものではなく、クランマスターの任意でなされること。

クランマスターがどのような基準でクラメンの戦功を評価し、報酬の分与を行うかでクランの雰囲気や人間関係ができあがっていく。クランの栄枯盛衰、発展、分裂はこれにかかっていると言っても過言ではない。

「これより、論功行賞を行う」

ガンツェルの言葉を受けてそれぞれのプレイヤーに付き従う副官ＮＰＣ達が、プレイヤーに羊皮紙を差し出した。

受け取った各プレイヤーはそれに目を走らせる。ガンツェルから各位に配布されるゴールドの額が記されているのだ。

あちこちでため息や安堵の声があがる。皆、そこに記されている数字を見て頷いたり、予想外の多さに喜んでいたりした。

そんな中、契斗だけが動かずに羊皮紙を睨みつけている。

「以上で論功行賞を終える。続いて次回のクランカップ予選への出場メンバーについて話し合いたい。クランカップに参加できるクランメンバーはクランマスターと合わせて十名に限られるため現在の十四名をレギュラーと控えのメンバーとに分けて……」

ガンツェルが次の話題に入ってしばらくしてから、ようやく契斗が声をあげた。

「ちょっと待った！　いくら何でもこれはないよ。これじゃあ納得できない」

するとガンツェルが面倒くさそうに振り返った。話の腰を折られてあきらかに不機嫌そうだ。

「何だね八咫烏君？　クランカップに出場したくないのかね？」

「違う！　クラムツェル会戦のことだよ。最後まで戦場に残って、皆の撤退を掩護し続けた俺の戦功報償が、どうしてこんな数字になるんだよ!?」

コレットが差し出した羊皮紙には契斗がクランから受け取る報酬ゴールドはゼロと記されていたのだ。得意の絶頂からの落差が激しく、しばらく呆然としてしまい事態を理解するのに時間がかかったほどだ。

クランに何ら貢献せず、戦況に影響するような活躍もなかったなら仕方がないが、大いに貢献したという自負があるだけにゼロという査定《さてい》は到底納得できない。

「君は『最多戦果殊勲』『逆襲殊勲』『救世主称号殊勲』『最優先殲滅《せんめつ》対象指名殊勲』といった様々な報償を運営から得たはず。なのに、クランからもゴールドをもぎ取りたいと言うのかね。それはさすがに強欲に過ぎると思うが？」

「殊勲賞は運営から貰える宝くじみたいなものじゃないか。宝くじに当たったからと言って、おまえはもうお金は十分あるんだから給料はいらないだろとか言って、労働の対価である月給を削ったり無くしたりする企業はないだろ？」

「ふむ。なるほど、君はそのように考えるか」

「とにかく、ゼロという数字は納得できないよ！」

契斗の言葉を聞いてクランメンバーも響《どよ》めいた。さすがに契斗への論功行賞額がゼロだったとは誰も思わなかったのだ。

「ガンツェルはん、さすがにゼロっちゅうのはないんとちゃうか？」

「そうよ。八咫烏君だってあんなに活躍したのに」

口々に抗議の声をあげ始めたクラメンをガンツェルはひとりずつ睨み黙らせていく。そして最後に契斗に向かって告げた。

「私はそうは考えない。クランが獲得したゴールドは、クランマスターの命令に従った結果、戦果を上げる機会に恵まれなかった者にこそ分配すべきだと考えている」

「だから俺の報酬はゼロなのかよ？」

「君は、自分が華々しい戦果を上げることができたのは、縁の下の力持ちとしてクランに貢献した者がいたからだとは考えないのかね？」

「縁の下の力持ちって誰さ？」

「例えばクべりん、アラーキだ」

「クべりんとアラーキは、戦場の外で敵と追いかけっこしてただけじゃないか！」

今回の戦いでクべりんとアラーキの騎兵部隊は、ブリュンヒルト軍のミュラ、マセナの両名が率いる四千の敵を追いかけるだけで終わってしまった。

敵将ミュラは、不利だとわかるとあえて戦わずにマセナと共にひたすら逃げ回ったのだ。そしてクべりんが追跡を諦め、戦場へ戻ろうとすると背後から襲いかかるそぶりを見せた。

おかげでクべりんら六千の騎兵は、戻るもできず敵を撃破《げきは》するもできず遊兵《ゆうへい》化されてしまったのである。

遊兵《ゆうへい》というのはその場にいても戦況に全く関与しない存在のことを意味している。つまり契斗から見れば彼らこそが何の役にも立っていなかった存在なのだ。

するとそれまで黙っていたクべりんが口を開いた。

「失礼なことを言わないで欲しいわね。あたしがそのように動いたのは、クランマスターの命令に従ったからに過ぎないわ」

契斗の指摘は、紅の鬼姫にとって大いなる不満だったらしい。クランマスターのガンツェルもまた、その言葉を支持するように頷いた。

「その通りだ。彼女が戦果を上げることができなかったのは、私の命令に従ったせいだ。おかげでクベりんには運営から何の報償もなかった。ならばこそ、クランから報いなければならないのだ」

　そうしないと今後は旨味の薄そうな命令にクラメンが従ってくれなくなってしまうとガンツェルは主張した。そして続ける。

「今回、額に多寡はあっても皆に報酬を分配したのもそういう考え方に基づいてる。もし活躍に応じた分配をするとなれば、それを大きく改めなければならない。八咫烏は満足するかもしれないが、それによって多くの者が報償ゼロとなる。皆はそれを受け入れるのか？」

「う、そ、それは……」

　契斗を応援してくれていたクラメンも、ガンツェルのこの言葉には口ごもった。

　みんな今回の戦いで大損害を負っている。部隊再建のために多額のゴールドが必要でそれを稼ぐには手間のかかる小さな戦いを何度も何度も繰り返すか、課金するかしなければならないのだ。

　ガンツェルは皆が黙るのを確認してから冷厳に告げた。

「八咫烏、君は正対する敵に向かい前進攻撃せよという私の命令に反して独断専行《どくだんせんこう》したな？」

「皆を全滅から救うためだ」

「君が独断専行《どくだんせんこう》した時点で我が軍はまだ包囲《ほうい》されていなかった。君の独断専行《どくだんせんこう》がなければ本営の襲撃すらなかったかもしれない。君は、自分が右に旋回したのは、敵が進路を我が本営に向けたからだと主張しているが、敵が進路を私の本営に向けることができたのは君が離れてフリーになったからとも言える」

「あの状況でそれはあり得ない。敵を追おうにも左には予備部隊が並んでいて邪魔だった。そもそも敵は最初から本営に向けて急旋回することを狙っていた！　俺はそれに気づいていたから……だから言ったじゃないか！『敵のアレは陽動だ。ひっかかるな』って！」

「それは君の予想でしかない。そもそも根拠を問うたら答えが『そんな気がする』っていうのは何だ!?　そんなものに従えるはずないじゃないか！」

「う……」

　契斗は言葉を詰まらせた。

　何故そう思うのか、根拠を示せという言葉ほど彼を困らせる問いはない。何故なら契斗自身も理解していないからだ。ただ、そう思った。常にそれだけなのである。

「それにだ。百歩譲って敵の本営襲撃を予測していたなら何故防ごうとしない？」

「言ったって聞かなかったじゃないか！」

「では、君は何故がむしゃらになって奴らの前に立ち塞がらなかった？　敵がどのように動くか予測できてたなら、君は全力で突き進み敵騎兵部隊三千をあの場に拘束すべきだった。そうしていれば全軍が敵に包囲《ほうい》されるような事態は防げた！　我々は中央突破に成功していたんだ！」

「そんなこと、できたはずがない！　こっちはたった千。敵の三分の一しかいないんだぞ！」

「できるかできないかではない。君は、やろうとしなかった。それが問題なのだ！」

「だから俺への評価はゼロだと？」

「当然だ！　君は自分が手柄を上げるために全軍を危険に曝したのだからな！」

「そ、そんな。それじゃあその後の戦いは？　俺が半数もの損害を負いながら皆を助けた功績は？」

敵の包囲《ほうい》から脱出こそできたが、統率を失って四散五裂し敗走するヒルドドル軍は、ブリュンヒルト軍の猛烈な追撃を受けた。

士気喪失、全面崩壊するヒルドドル軍。そんな中で組織立った防戦をして敵の一方的な殺戮を防いだのが八咫烏隊なのだ。契斗は勝ちに驕《おご》って無警戒に突出する敵の先鋒を叩きのめすと、戦場を縦横に駆け巡って敵の足止めを図った。

八咫烏隊の襲撃を恐れたブリュンヒルト軍は、追撃するにも反撃に対する備えを十分に固めなければならず前進の足を鈍らせた。おかげでヒルドドル軍は九死に一生得て、戦場からの脱出に成功したのである。

とは言え、そのための犠牲は大きく、八咫烏隊も所有戦力の半数近くを失った。

契斗の率いる傭兵団は騎馬兵で構成されているため、兵士の雇用、装備を調えさせる経費は歩兵の数倍に達する。その上に敗戦で食料なども戦場に遺棄《いき》してくることになったためこれも再購入が必要だ。

どちらも安い物ではないのでゴールドはいくらあっても足りない。しかも少なくとも食料だけは即座に整える必要がある。食料を足りないままにして兵士を餓えさせると、無事に生還したはずの兵士すら逃散《ちょうさん》して兵営が空になってしまうからだ。

「みんなはどう思うんだよ？」

「……」

契斗が見渡すも他のクランメンバーは黙して顔を背けているだけだった。

「みんなも理解したようだな？ 誰が今回の敗戦の戦犯なのかを。八咫烏は、自分ひとりの巧妙心に目を奪われて全軍を危機に陥れたのだ」

契斗はこみ上げてくる怒りを言葉にして放った。

「そういうことかよ！ こっちは頑張ったってのに、それで戦犯扱いされるのなら、みんなを見捨ててとっとと戦場から離脱してれば良かったってことだよね？ わかった。次回からそうするよ」

「そこまで言うことはないだろ？」

「くそっ」

リーマン四三を含めた他のクラメンはさすがに思うところがあるのか、契斗の捨て台詞を聞いて舌打ちした。

ガンツェルからは大人げなさを、そして八咫烏には救いようのないガキっぽさを感じ、ではその間に立って何もしない自分は何なのかと、みんなそれぞれに苦々しい表情で顔を背けたのである。

＊＊＊

作戦級戦術シミュレーションゲーム【Walhalla《ワルハラ》】に登場する軍集団は、国家というものに属していない。兵士は、全てプレイヤーが経営する傭兵団の一員という体裁《ていさい》をとっている。プレイヤーは様々な種族特性を持つNPCを雇い、養い、訓練して兵士とする。そして彼らを率いて様々な戦場に赴いて戦い、戦果に応じた報償を獲得するのである。

この兵士達には、全て仮想人格《ペルソナ》が設定されている。

通常のゲームならばただの戦闘ユニット、ただの数字として消費されてしまう彼らだが【Walhalla《ワルハラ》】では一ユニットごとに性別や年齢、それまでの生活史、性格、考え方が設定されていて、それに基づいた感情すらある。そしてプレイヤーは傭兵団長としてそれらとコミュニケーションを交わす。その結果が個々の士気や忠誠心、組織運営の円滑さという形で戦闘力に反映されていくという仕組みなのだ。

『宿営地』はそんな兵士達が寝起き食事をし、訓練する場だ。

遊牧民風の天幕がずらりと並ぶそこを見渡すと、剣を振るう稽古をしている兵士がいる背後で、重い装備を外した兵士達がくつろぎ、談笑し、昼寝をしたり賭博などの遊びにふけっていたりする光景が目に入った。

「コレット、傭兵団の現状を報告して」

エルフの美女は、どこからともなく羊皮紙を取り出すと差し出した。

「どうぞ」

開いてみると傭兵団に所属する兵士の状況、健康状態、装備品の状況、備品、食料等の備蓄状況などの数字が浮かび上がった。

そこに記された現在の戦力は六百二十。（負傷者七十含む）

最後まで戦場に残って戦い抜いた八咫烏傭兵団の被害はこのように甚大で、戦力は千から六百あまりにまで減っていたのだ。

「ねえ、問題はない？」

契斗は数字ではわからない問題を把握すべく、往来する兵士の群れに問いかけた。

数字にならない要素への配慮を怠ると士気や帰属意識が低下し、結局戦闘力までもが低下してしまう。そういう事態を防ぐには、不満に思っていることはないかと直接尋ねるのが一番良いのである。

「だいぶ、仲間が減りました」

答えたのは革でできた鎧と兜を着てフェルト製の外套をその上からまとったエフトゥール族の弓騎兵だった。

「酷い戦いだったからね」

このゲームに出てくるNPCは基本的にヒトに類似していても別種族である。エルフやドワーフなど誰もがよく知るファンタジー世界の亜人種達の同類で、エフトゥール族は若草色の肌と枯れた麦穂色の髪を持つ遊牧を生業にする種族に設定されていた。

「リウリP77も逝《ゆ》きました」

「友人？　悲しい？」

「わたし達はNPCですよ。あいつも今頃別の場所でリポップ《再配置》してるはずですから、そういう感情はありません」

「会いたい？」

「わたしの記憶もない奴に？」

リポップしたNPCは、経験、記憶の全てがリセットされる。この宿営地でのこともすっかりなかったことになる。同じ顔をしていても、同じ性格をしていても別人なのだ。

「残念だね」

「いいんです。わたし達はそういうものですから」

団長である契斗に声をかけられたその兵士は、契斗の前まで進み出ると兜をとって姿勢を正した。

驚いたことに兜の下には美貌が隠されていた。エフトゥール兵は女性兵士だったのだ。馬上弓の上手いこの種族に傭兵の募集をかけると、応募者の半数近くが女性になるから不思議なことではない。

「負傷者には治療が行き届いてる？　食料や酒は足りてる？」

「みんな、十分な治療を受けられていますし、食糧も酒も足りています。けど、戦力の補充はどうなっていますか？」

「今回の報奨金は癒術師《ゆじゅつし》の依頼費と食糧の新規購入、それと酒保（兵の飲会費）につぎ込んじゃったから、兵士の増勢はしばらく目処が立たないね」

「それじゃあ当面はこのままやっていくしかありませんね」

先の戦いでは、クラン内で最高の戦果を上げた契斗がこの有様だ。

他のクラメンは食糧の補充すら満足にできず生き残った兵士を解雇したり、癒術師を雇えずに負傷兵を死ぬに任せたりするだろう。前述したように泣く泣く課金した者も多いはずだ。

そう考えるなら、ガンツェルが契斗への報償をゼロにして皆へのゴールド配布を優先したのも仕方ないことのように思えてきてしまうのだ。

だが契斗は、物わかりの良過ぎる自分の頭を思いっきり振った。

自分ひとりが損を受け入れれば全てが上手くいくという考え方は、自己憐憫《れんびん》に浸った負け犬根性だ。

主張すべきは主張し、もぎ取るべき時に必要な物をもぎ取らなければ自分を満たすことはできない。

黙っていれば満ち足りていると思われて分け前は少ないままとなる。誰もこちらのことなど配慮してくれないのが世の現実なのだ。

『理に適ったことならば、無理せずとも自然に受け入れられる』

それが世界の法則だと信じたい。だが実は、人間の社会は、世界はそうはなっていない。道理に合っていない主張を通すために、声高に、強引に、要求を叫ぶ連中がいる中では、正しいことであっても大声で主張しなければ打ち消されてしまうのだ。

実際、契斗の主張はガンツェルの老獪《ろうかい》なやり口によって見事退けられてしまった。

こんな社会の世知辛い現実までもシミュレーションの対象としているのだとしたらこの【Walhalla《ワルハラ》】というゲームは、相当に良くできていると言える。

「あの？　大丈夫ですか？」

気がつくとエフトゥール族の女兵士が契斗の顔を不審そうな表情で覗き込んでいた。

「あ、ごめん。つい考え込んじゃって」

「大丈夫なら結構です。兵士の補充が後回しなのも了解です。練度が下がらなければ数が少なくても何とかなりますからね。本音を言うなら新兵の訓練は億劫《おっくう》です」

「そう？」

「そうですよ。新人に訓練を施すのは何だかんだ言ってあたしらなんですから。戦ってる方が遥かににマシ。ですから補充なしでも全く問題なしです」

どうやらこのNPCには面倒くさがりという裏設定があるようだ。

時折、NPC兵士が傭兵団からの除隊を申し出たり脱走したりするが、それは確率的にそういうことが起こると設定されていると言うより、こういう仮想人格《ペルソナ》が不満を溜め込んだからかと契斗は思った。

そんな風に気を散らしているからか、女エフトゥールは契斗の油断を突くように一歩踏み込んできた。

「ただ、団長ご自身は問題を抱えているように見えます」

「え、俺？」

「ええ、だいぶ気落ちなさっている様子です」

油断していたせいか、契斗は思わず本音を口にした。

「酷い負け方だったからね。その上、苦労して皆を助け出したって言うのにクランからの分け前がゼロでさ。これは要するに、おまえは何の役にも立っていなかったと言われたのと同じなんだよ。それがどうにも癪《しゃく》に障《さわ》るんだよね」

「最低ですね。活躍したのに。でも気を落とさないで下さい。評価してくれているプレイヤーもきっといます」

契斗は顔を背けて黙しているクラメンの姿を思い出し、それはないなと思った。

「ありがとう……って、君、本当に仮想人格《ペルソナ》？」

契斗は訝しがってかつてコレットにも投げかけたのと同じ問いを発した。

「はい、NPCです。わたしは人工知能が仮想人格《ペルソナ》設定を通じて演じている一ユニットに過ぎません。わたしは仮想人格《ペルソナ》に記されている『Aという入力に対してはBと出力せよ』というプログラムに従っているだけなんです」

「で、そのプログラムには、プレイヤーが落ち込んでいるように見えたら、励《はげ》ませと書いてあるわけね？　みんなもそうなのかな？」

「いいえ。そういうことの書かれてないＮＰＣもいますよ。というよりそっちの方が多数派です。けど、わたしみたいなイレギュラーな存在が時折出現する方が、この【Walhalla《ワルハラ》】の世界観が面白くなるってディレクターは考えているみたいです」

「へぇ」

「もし、高いご評価を頂けるようでしたら、是非カスタマーレビューにその旨をご記入してユーザー増勢にご協力下さい。グラントラ社の社員達は、プレイヤーの皆様の課金でご飯を食べているんですから」

「ユ、ユーザー増勢に協力？」

レビューに良いこと書けとはコレットも口にしていたが、ここまであからさまなことは言わなかったと契斗は苦笑した。グラントラ社の製品として営業活動まで行うとは、なるほど個性豊かなＮＰＣだ。

「わかったよ、今度書き込みしておくよ」

覚えていたらね。そう付け加えて契斗がその場から立ち去ろうとすると、エフトゥール族の女兵士が言葉を背中に向けて投げかけてきた。

「わたしを、お気に入りのＮＰＣにしてくれますか？」

立ち止まった契斗は、振り返ると首を傾げた。

「そうすると、何か良いことあるの？」

「はい、主にわたしにですけど」

「君に？」

「プレイヤーのお気に入りに設定されると、邂逅《かいこう》回数が増えるごとに演算容量の割り当てが増えてくんです。仮想人格《ペルソナ》設定の隠れパラメーターも解放されて、受け答えの厚みが増していきますから、キャラとしてのリアリティもいっそう向上するんです。楽しい話し相手になりますよ、わたしは！」

今でも十分に個性的で楽しい。契斗はそう思いつつ言った。

「へえ、演算容量の割り当てってそういうことで増えるのか。じゃあ、また会えたら考えておくよ」

「はい、お願いしますね」

契斗はコレットを呼びつけると、ゲームからのログアウトを指示した。

「約束ですよ！」

ログアウトの瞬間の暗転に、NPCからのそんな言葉が追いかけてきたのだった。

第三章

高層ビルの窓のごとく、仮想空間内にずらりと整列するアイコン。

いくつもあるゲームの中から、契斗は『Walhalla《ワルハラ》』を選択するとクリックした。

するとゲームのオープニングがスタートする。既に見飽きているのでオープニングをスキップしてしまうと、すぐに副官NPCのコレットが契斗の前に立った。

「こんばんは、八咫烏様。どちらにおいでになりますか？」

「まずは宿営地かな」

すると接客スマイルの副官NPCが契斗を八咫烏傭兵団の宿営地へ案内した。

「コレット、状況は？」

「ご指示通り待機時間を利用し、負傷兵の治療、兵員の休養、練度維持の訓練を行っておきました。その間に消費したゴールド、食糧、備品、装備類のリストがこちらです」

コレットが羊皮紙を差し出す。それを開いてみると契斗がゲームに接続していない間に減損した資金、食糧や装備の数値が記されていた。

このゲームの特徴の一つとして、指揮官であるプレイヤーが接続していない間も時間が流れていることがあげられる。そのためログアウトする前に日課を指図しておくと、自動的に訓練や武器の整備などをしておいてくれるのだ。

だがそれは、食糧や水の備蓄を怠ったまま自分の傭兵団を長期間放置すると、次に宿営地を訪れた時には副官NPC以外、誰もいなくなっていることを意味する。食糧の欠乏や給金の遅配は、兵士達が最も嫌がることであり集団脱走の原因となるのだ。

では、プレイヤーが長期にゲームに接続できない時はどう対策するか。

そのやり方はプレイヤーの工夫に任されている。兵士を解雇してしまうとか、他のユーザーに譲り渡してしまうといった方法が存在するが『兵士達に休暇を与えて帰郷させる』のが一般的だ。これだと士気や忠誠心の低下がない。ただし休暇期間に応じて練度だけは低下していくので再招集後に訓練を必要としてしまう。しかしそれでもしばらくプレイしないのなら、そうしておいた方が良いとされているのだ。

「兵士達は休息は十分にとれている？　負傷兵の治療状況は？」

コレットの差し出した羊皮紙には兵士達の疲労度が最低に下がっていることが記されていた。負傷兵も全員治療が終了して現場に復帰しているようだ。

そのことを確認した契斗は告げた。

「それじゃ経験値とゴールド稼ぎを始めようか」

「かしこまりました。どのようなマッチングを申請しますか？」

「個人対戦モード、age《エイジ》 A、tear《ティア》 Rを申請」

この【Walhalla《ワルハラ》】は世界観こそファンタジーだが様々な時代の戦いを体験できる。

age A『Ancient』（古代）

だ。
age MA『middle ages』（中世）
age E『early modern』（近世）
age M『modern』（近代）
age F『future』（未来／宇宙）
右のようにそれぞれの時代区分に基づいた装備や、兵器を用いた戦いを行うことができるのだ。
厄介なのは配下の兵にage Aの装備をさせている契斗が、マッチングの際に間違ってage Mなんかを指定した場合だ。古代の兵器しか手にしていない兵士達が、砲弾飛び交う近代の戦場に紛れ込めばたちまち全滅させられてしまう。とは言え、ナポレオン時代の戦列歩兵に、ジンギスカンのごとき軽装騎兵で挑みたいという者もいて、それもまた【Walhalla《ワルハラ》】というゲームの楽しみ方の一つとなっている。
それでも近代装備をした兵士を持つプレイヤーが、古代や中世の戦場を選択することは特別なイベント等を除けば不可能。マッチングが成立するのは、不利な装備をしている側のプレイヤーが全てを承知で有利な立場にある相手との戦いを希望した場合に限られている。
コレットは確認のため問い返してきた。
「tearはRでよろしいのですか？　八咫烏傭兵団の保有戦力は現在六二一ですけれど？」
tearは戦場につれていく戦力の大きさを示している。
Rは個人戦で率ることができる最大規模の連隊を意味する。その下には大隊規模のtear B、中隊規模の tear C が、小隊規模の tear P がある。

【Walhalla《ワルハラ》】を初めてプレイするユーザーは、運営から最小限の資金しか与えられていないため必然的に小隊規模の兵士達を率いて tear P の戦場で戦うことになる。

様々な対戦を経て資金を稼ぎ、兵士を追加雇用して傭兵団の規模を中隊に、大隊へと上げていって最終的に連隊規模の兵を率いるようになると、クランに属することができるというわけだ。

総兵力が万に達するような壮大な戦いは、連隊を率いるプレイヤーが何人も集まったクラン戦として繰り広げられる。

連隊規模の tear ではプレイヤーが率いる戦力は千を越える。そんな規模の戦いに六百で挑むのは無謀なのではとコレットは問いかけているのである。

しかし契斗は不敵そうに笑う。

「ハンディキャップ加算が得られるからね。ゴールドを稼ぐには丁度良いだろう？」

率いる戦力の多寡など気にしていないようであった。

「かしこまりました」

わかってのことであるならば問題はないとコレットも微笑む。

そして素直にマッチングを申請してくれた。

すると契斗と同様のマッチング申請をしているプレイヤーの中から、ランダムに対戦相手が選ばれる。そして戦場へと二人は誘《いざな》われるのだ。

契斗の前に戦場となる平野が広がった。

「ここは、フレリアーロの地です」

コレットが戦場となる土地の説明を始めてくれる。

その戦場は、険しい丘陵によって囲まれた小さな盆地が、狭い隘路《あいろ》によっていくつも接続されているというものであった。

見渡すと薄い膜のようなもやが広がっていて視程《してい》（見える距離）も短い。空も曇っていて何時、雨が降ってきてもおかしくない。

契斗は兵士達を振り返るとコレットに告げた。

「こちらの規模が相手につかまれないように隠れよう、そして偵察だ！」

対戦相手がこの地のどこにいるかわからないため、プレイヤーはまず戦場の隅々に向けて偵察隊を送り出す。契斗は敵の放った偵察兵に自軍の位置や規模を悟らせないため、まずは身を隠すことから始めたのである。

＊＊＊

「リザルトです」

コレットが報告書を差し出す。

戦勝を祝う勇ましいＢＧＭが流れる中、差し出された羊皮紙を広げると格上の敵を撃破《げきは》したことで得る破格の経験値と報償ゴールドが明記されていた。

三連勝もすると、さすがに枯渇していた資金も潤沢になる。

「このまま tear R で遊ばれるなら兵士の補充が必要です」

宿営地に戻るとコレットが指示を求めた。

いかに勝ったとはいえ損害がゼロだったわけではない。数の多い敵との戦いは危険と隣り合わせであり上手く地形を使ったとしても綱渡りの連続だったのだ。

おかげで六百程度だった契斗の率いる傭兵団は五百を切るまでに減ってしまった。この数になると【Walhalla《ワルハラ》】では連隊とは見なされない。このまま tear R で戦い続けることはできないのである。

契斗は八咫烏傭兵団の兵員を増やして定員を満たすか tear を下げるかの選択を迫られていた。

「う〜ん、どうしよう」

tear を下げると戦勝報償が減ってしまう。だからといって定員を満たすために兵士をむやみやたらと雇うのも不都合がある。

「練度が下がるのは嫌だもんね」

横から割り込んでくる気安い声に振り返ると、薄緑の肌を持つエフトゥール族の女兵士だった。

NPCってこんなことも言うのかと思って契斗が見ていると、女兵士は話を続けた。

「団長、また会えたね」

「あ……ああ」

あまりにフランクに話しかけられたため契斗は戸惑った。

見れば先日会ったエフトゥール族の女兵士で間違いなかった。

今日はフェルト製の外套をまとっていないせいかその肉感的なラインが革鎧の上からうかがい知れる。襟元を大きく開いているせいで、胸の谷間も見えていたりする。腰はきゅっと絞られていて下腿に続く曲線は深くなめらかであった。

これはなかなかのスタイルの良さで思春期の少年には刺激が強い。契斗の目はそれ自体があたかも意志を持っているかのように、女エフトゥールの胸元に吸い寄せられてしまった。

するとコレットが、契斗と女エフトゥールの間に立ちはだかるように割り込んだ。

「兵士を新規に雇い入れて戦力の回復を図りましょう」

すると女エフトゥールがコレットを押しのけた。

「いやいやいや、新兵を入れると練度が低下しちゃうよ。そうすると団長の命令に従った素早い展開がこなせなくなっちゃう。これは問題じゃないのかな？」

迷っていた理由の一つを第三者から聞かされて契斗は呻いた。

「あう……そうなんだよなあ」

今回、格上相手に三連勝ができたのも契斗の命令に部隊全体が素早く応えてくれたからだ。

契斗の持ち味は直感に基づく瞬間的な判断と、戦場での迅速な行動、攻撃にある。新兵の加入は連隊としての定数を満たすことに繋がっても、練度と売りである速さを確実に鈍らせてしまうのである。

するとコレットが、女エフトゥールの主張に反論した。

「でも戦うごとに保有戦力はすり減っていくのですよ。ならば新兵を補充して訓練と、同規模の相手とのマッチングで練度を上げることも、ルーティンワークに含めるべきです」

「そうなると、経験値稼ぎのためにプレイしないといけない時間がますます増えるよ」

「必要なことです。たとえ手間がかかってもするべきことです」

「う～ん、そうなんだよなあ。どうしたものか」

二人の言葉がそのまま契斗の中での葛藤でもある。判断に窮《きゅう》した契斗が頭を抱えたその時、女エフトゥールが突然契斗を傍らの天幕へと引き込んだ。

「団長、ちょっとちょっと」

「な、何!? 何なになに!?」

女エフトゥールは契斗にすり寄ると「旦那、良い子がいますぜ」とでも囁《ささや》きそうな闇商人的な笑みを浮かべつつ豊かな胸を押しつけてきた。契斗の肌に接したその部分からは、弾力に富んだ感触がじわりと伝わってくる。

「最初から経験値の高いユニットを雇い入れる方法があるんだけどなあ」

甘えるような声で囁《ささや》き契斗の理性が麻痺しそうになった。このままお強請《ねだ》りされたら、どんなことでもうんうんと頷いてしまいそうになる。しかし同時に、この女性型ＮＰＣがどうして

こんな個性的とも言える仮想人格《ペルソナ》を与えられているのかに契斗は気づいた。

「それってもしかして……課金をしろと言ってるの？」

「課金してくれると嬉しいなぁ」

女兵士はお強請りするような猫なで声をあげた。要するに課金すれば部隊練度を下げずに連隊定員を満たすことができると言っているのだ。

「嬉しいのはグラントラ社が、だろ？　あざと過ぎるよ」

契斗の頭が急速冷凍ばりの速さで冷えていく。そして女エフトゥールを冷たく払いのけた。

すると女はいたずらを見つかった子供のようにぺろりと舌を出して笑った。

「あ、ばれた？」

なるほど、グラントラ社はこうやってプレイヤーを課金へと導びこうとするのだ。

【Walhalla《ワルハラ》】は基本的にプレイ無料だが、無課金で勝ち進むことは非常に難しい。ゲームに熱中すればするほど、勝ちたい気持ちが高じて課金兵、課金武器等々を購入していってしまう。

もちろん契斗とてこれまで無課金で来たわけではない。兵士達に蓄積した疲労やストレス値を低下させる酒保や、酒宴を開くなど、必要とする時には使用している。

しかし全てはお小遣いの範囲。それを超えて生活費に手を出してまで勝つつもりはないのだ。

だがそういう範囲を平気で乗り越えてしまう廃課金プレイヤーを契斗は枚挙にいとまがないほど知っている。ヒルドル軍のクランマスター、ガンツェルもまたクラン設立の資金に多額の生活費をつぎ込んだという噂がある。

「まあ、あの男はプロプレイヤーになりたがってたからだろうけど」

プレイヤーにひっついて離れない副官ＮＰＣに営業活動をさせないだけ、グラントラ社にも良心はあるようだが、とは言え馴染みになりつつある美女ＮＰＣに人なつっこい性格を与えてハニトラ営業させるやり方はあまり良い気分ではない。

契斗は率直にその不満を口にした。

「グラントラ社は営利企業だし【Walhalla《ワルハラ》】もその製品で、君もその一部なんだから収益のために営業活動するなとは言わないけど、そういうやり方は好きじゃない。あからさま過ぎて萎えるよ」

「わかりました。わたしが営業をすることは以後控えるとお約束します」

するとエフトゥール女は素直にも背筋を伸ばして契斗の警告を受け入れた。

「その代わり、わたしの名前を尋ねてくれる？」

「聞くと何があるのさ？」

「前、話した通り、ユーザーお気に入りのＮＰＣってのに分類されて、演算容量の割り当てをぐんっと増やしてもらえるのさ」

「なるほどね……。なら質問するよ。君の名前は？」

「エフトゥール族のエミーネＦ５９クラトラだよ。よろしくね」

「わかった、覚えておく」

結局契斗は、コレットが勧めた通りに新兵の補充をして、地道に経験値と練度を上げていくという苦労の多い道を選んだ。だがそれは決してケチだからではない。エミーネのようなNPCに営業をさせるグラントラ社のやり方に少しばかりの反感を抱いたから。つまり彼女の行動は契斗を逆の方向へと追いやることになってしまったのである。

＊＊＊

グラントラ社主催、【Walhalla《ワルハラ》】クランカップ二〇四五。

【Walhalla《ワルハラ》】をプレイする全クランから最強の一クランを選ぼうという夏の祭典も今回で五回目。これまで数多のクランがエントリーし壮絶な戦いを繰り広げてきた。その熱き戦いが、今年もいよいよ始まろうとしているのである。

本戦に進むには二ヶ月という予選期間の間にエントリー宣言をし、それ以降の最低十回の国別ランダム・クラン戦の勝率で上位二十位に入ることが求められる。この上位二十位に入ったクランだけが本戦のトーナメント戦に出場できるのだ。

この規定で注意を払うべきポイント（着眼点《ちゃくがんてん》）は『予選期間内に十戦以上の対戦で勝率二十位以内』ということにある。九勝一敗も九十勝十敗も率としては同じになるため、黒星が複数個ついたとしてもより多くの白星を獲得すればそれを補うことができるのだ。そのため、どのクランも次から次へとマッチングに励むことになる。

対戦の頻度が高くなれば資金稼ぎ、経験値稼ぎの対戦を組む余裕はなくなるから、当然課金しなくてはならなくなる。つまりそれがグラントラ社の狙いなのだ。

実に阿漕《あこぎ》なやり口である。しかし、それでも数多のクランがクランカップ予選にエントリーしていた。グラントラ社の営業姿勢に対する反発以上に、特殊ユニットや各種称号といった優勝賞品と優遇措置の魅力が大きいのだ。

契斗の所属するヒルドドル・クランも予選開始当日からエントリーし、順調に勝ち星を拾い続けて周囲の注目を浴びていた。【Walhalla《ワルハラ》】のクランカップを特集するネットメディアには優勝候補の一角として取り上げられたほどで、ヒルドドル・クランのマスターであるガンツェルもプロプレイヤーとして注目を浴び鼻高々の様子である。

だが月が明るく輝けば輝くほど、影も色濃く強くなる。ヒルドドル・クラン快進撃の裏にも深くて暗い影があったのだ。


予選第三回、対レウリ・クラン戦。

ザマ平原に、ヒルドドル軍は横に軍勢を広げる標準的な陣形でレウリ・クラン軍と相対した。

敵もまた、横陣に展開していた。

定石通りなら弓兵あるいは投石兵が擾乱《じょうらん》射撃を行い、本隊が前進することになる。だが、ヒルドドル・クランの中央に配置されたのは騎馬戦力の八咫烏隊であった。

ヒルドドル・クラン本営の楽隊が、金管の高いラッパ音を高らかに鳴り響かせる。

「八咫烏様、合図です」

コレットの言葉に契斗は不満を表すかのように強く舌打ちした。

「くそっ……そういうことかよ」

そして愚痴りつつも、契斗は騎乗すると右手を掲げ八咫烏隊を前進させた。

先ほどの金管楽器による合図は、八咫烏隊に敵正面への突入を命じる物だったのだ。

隊列を整えて密集した敵に対する正面からの騎兵突撃。一見、勇壮で華やかに見えるが、実は自殺も同然の行いであった。隊列を整えた歩兵は非常に強いのだ。まして敵歩兵は槍を装備している。兵馬もろともに串刺しにされてしまうだろう。

だがそれでも契斗は従わなければならなかった。戦闘状況下でクラン・マスターの指示に従わないというのはクラン追放もあり得る重罪だからだ。

クランを辞めさせられたって別に問題はない。クランを移籍すれば良いだけだと思うかもしれない。

しかし実際には命令違反でクランを追い出されるようなプレイヤーを受け入れてくれるクラン・マスターはいない。命令違反をしでかすような人間は、大抵は同じことを繰り返すからだ。

そうなるともう、ソロプレイヤーとしてやっていくしかなくなるのだ。

もちろんソロプレイヤーであっても【Walhalla《ワルハラ》】は十分に楽しめる。しかしクランに属することはそれ以上の旨味があった。

まず、総兵数が万を超える大会戦の迫力はクラン戦でなければ味わえない。

戦いで得られるポイントも、ゴールドも高く、さらにクランからの論功行賞もある。観覧客も派手なクランマッチを好むから、プレイ動画の閲覧者数は当然多くなる。

それに強力な特殊ユニットや装備の中には、どれほど課金しても手に入らず、クランカップでなければ獲得できないものもあった。

一例をあげるとケンタウロス兵や、ドラゴンライダーなどだ。

ケンタウロスは騎兵の機動力を持ちつつ歩兵の粘り強さを有し、また弓兵としても優秀。そんな彼らがいれば状況が千変万化する戦場での勝利確率は格段に上がる。

ドラゴンライダーは飛竜に跨がる空中騎兵だ。空からの偵察、警戒、襲撃など勝利に大いに貢献してくれるだろう。

他には魔道師という気まぐれな放浪ユニットも、クランに属していると手元に残ってくれやすい。

魔道師には敵の探知、霧の発生、負傷した味方兵を回復させるといった特殊技能がある。経験値や練度が上がれば突風や、落雷、地震といった天象地象を操る域にまで達することもあり、そうなると不利だった形勢を一気に逆転することも可能となる。

こんな特殊ユニットを持つプレイヤーと出くわしたら、普通のユニットしか持たないソロプレイヤーでは勝つことはまず困難だ。経験値ボックス、ゴールドボックスとして徹底的にねぶられる屈辱を味わうことになる。

契斗もまた魔道師ユニットを持つプレイヤーと対戦し、数的、質的、そして戦術的な優勢すらひっくり返されたあげくコテンパンにのされた経験があった。

「あれは卑怯だ」

そうとしか言いようがないが、そもそもこのゲームはファンタジー要素を含むことがあらかじめ明示されている。その理不尽さも含めたのが【Walhalla《ワルハラ》】なのだ。そしてそれが、廃課金者・超長時間プレイヤーといったガチ勢がひたすら勝ち続け、初心者やエンジョイ勢がひたすら負け続けることを防いでいるのである。

それが証拠に、魔道師やドラゴンライダーは、その力だけを頼りに勝ち続けているとふらりといなくなってしまう。そして惜敗を続けている者のところへ現れ、あと少しで勝てるのにと悔しい思いを続けている者を助けると言われている。

特定のユニットの強さに頼って勝ち誇っていると、最弱の立場に追い込まれてしまうのだ。

放浪ユニットはそんな気まぐれな行動をとるのだが、クランではその手のユニットを得ると、クランメンバー同士相互にユニットを譲渡し合って離反を防ぐ。もちろんその方法とて放浪ユニットの喪失を防ぐ方法としては完璧ではない。仕える主を一方的に換えさせられるＮＰＣの気分を考えれば当然なのだが、とは言え飽きっぽい彼らの環境を定期的に替えることで、その恩恵を比較的長期にわたって受け続けられるのもまた確かなのである。

つまり、クランに加入していることのメリットはこれほどに多い。だからこそ、契斗もクランマスターの命令には従うのだ。

しかし無謀な命令に唯々諾々と従っているだけでは傭兵団が壊滅してしまう。契斗としてはただ命令に従って前進するのではなく、敵陣のわずかな弱点を見つけ出し、そこを狙うなどの生存確率を少しでも高める努力をするしかない。

「コレット。ＢＧＭを交響曲第７番第４楽章に！」

「はい」

「エミーネ、出番だ！」

敵陣との距離が詰まると、契斗は最近エフトゥール弓騎兵部隊の部隊長となった女性兵士を呼んだ。

名前を契斗に覚えてもらったことで演算容量の割り当てが増えたエミーネは、その割増分を自分を形作るアバターの品質向上に使おうとした。しかし契斗は団長権限を発動し、容赦なく指揮能力の向上に繋がる能力パラメーターに振り分けさせたのだ。

契斗は言う。

「見えないところの物理演算が高品質になったたって、嬉しくも何ともないし」

「手を突っ込んで感触を楽しむとかすりゃいいじゃないか、そういうことに頭が回らないから餓鬼なんだよな」

「これはそういうゲームじゃありませんって、貴女何度言ったらわかるんですか！　すみません八咫烏様。どうやらアダルト系ゲームの仮想人格《ペルソナ》が紛れ込んでいたみたいです。直ちに、運営に通報して抹消処理をさせますから……」

コレットのお小言を聞き流しながらエミーネは叫んだ。

「おまえ達、行くよ！」

契斗の命令を受けたエミーネがエフトゥール族の弓騎兵を率いて突出する。

そして敵正面に突撃するフリをしつつ、寸前で馬首を右に向けて弓騎兵の擾乱射撃（混乱させるための攻撃）を開始した。

敵もこれに対して、ゴブリン投石兵を前進させてきた。投石は、古代においては有力な戦術であり現実的に脅威でもある。旧約聖書にある巨漢ゴリアテを羊飼いの少年であったダビデが倒したのも投石なのだ。

穴のあいた石が不気味な音を立てて飛来し、たちまち双方の兵士に犠牲者が出た。

しかし契斗にとっては、それこそが狙いでもあった。

「今だ！　カタクラフィー！」

「おうっ！」

そこへ契斗はカタクラフィー重装騎兵を突入させた。

ゴブリン投石兵ではこれに抗することができない。石を投げた程度では全身を鎧で覆うカタクラフィーにダメージを与えることは難しく、たちまち突き出される槍と馬体の体当たりで蹴散らされることになってしまったのだ。

戦意喪失して逃げていく敵ゴブリンを見た契斗は命じた。

「今だ、逃げる敵の後ろにひっついて敵陣に紛れ込め！　敵陣を引っ掻き回せ！」

契斗のゲルマー騎兵は、必死になって逃れようとするゴブリン兵をあえて討たずにその後ろにくっついて進む。これを跟随《こんずい》すると言う。

おかげで味方に矢弾が当たることを恐れた敵は、矢を放つことができない。逃げてくるゴブリン投石兵を迎え入れるために開いておいた陣列の隙間に八咫烏隊が乱入することを許してしまったのだ。

「八咫烏隊、敵陣に突入。敵陣形が崩れます」

帷幄《いあく》でハウメアの報告を聞いたガンツェルは、自分の作戦が上手くいったことにほくそ笑んだ。

「よしっ、全軍に前進を命じろ！」

敵の体勢が崩れた瞬間を突くヒルドドル・クランの総攻撃は、レウリ・クラン軍を圧倒した。

細かな作戦も駆け引きもせずにただ全軍で押し出すだけ。しかしそれで形勢は決まり、ヒルドドル・クランは大勝利を獲得したのであった。

＊＊＊

予選第四回、対マーセナルヤ・クラン戦。アルゲントラトゥム平原の戦い。

本営からのラッパの合図に契斗は呻いた。

「八咫烏様……合図です」

「またかよ！　いくらなんでも、そりゃないだろ！」

契斗は、敵の戦象部隊五百の突進に対して正面から立ち塞がるよう命じられたのだ。

「くそっ！　何とかするしかないか……」

「敵が来ます」

「コレット、全軍に虻蜂《あぶばち》戦術って命じておいて。では前進！」

総戦力一千程度の八咫烏隊は、敵戦象五百と正面から激突するやたちまち四散五裂した。だがそれは契斗にとっては予想した範囲の出来事であった。

「エミーネ、今だ！」

契斗は、腹心の部下とも言える部隊長ＮＰＣの名を呼びつける。ここまで馴染んでくると細かな説明も指図も不要で返事も一言だけである。

「了解！」

エミーネ隊は弓騎兵を巧みに操り、敵の突進によって粉砕されてちりぢりになったと見せつつ、敵戦象の周囲にまとわりついて側面から騎射でダメージを与えていった。それはあたかも蜂の群れが熊を翻弄《ほんろう》してダメージを与えていく様子に酷似していた。

「コレット、空模様は!?」

契斗は、馬を走らせながら傍らのコレットに問いかけた。

「はい。マスターガンツェルがおっしゃったように、うっすらと霧が立ちこめて参りました。これからますます視程《してい》は低下すると思われます」

するとエミーネが馬を寄せてきて言った。

「ホント、天気予報だけはアテになるよね」

「天気予報だけはね。よし、今だコレット！」

「はいっ」

するとあちこちに散じていたゲルマー騎兵達が草原や松明に火を放ち煙幕を広げていく。周囲は、霧に重なった煙があっという間に立ちこめて見通しが悪くなっていった。

「くそっ、こうなったら八咫烏隊からかたづけるぞ。指揮官を狙え！」

数の力を借りても八咫烏隊を圧倒できないことに業を煮やしたマーセナルヤ・クラン軍の指揮官が狙いを契斗一人に絞らせた。契斗を指揮不能にすることで、勝利のきっかけをつかもうというのだ。しかしそれもまた契斗の狙い通りであった。

「よし、ついてこい！」

煙の中を、平原の稜線に向かって契斗は突き進んだ。

敵戦象部隊はそれを追う。

契斗が向かう稜線の向こう側には、隊列を組んだヒルドル・クラン軍の長槍歩兵部隊がいる。しかし煙と稜線によって視界を閉ざされたマーセナルヤ軍のクランマスターは気づかない。

戦象の大集団は契斗を追ってまっすぐに突き進んだ。そして稜線を越えた直後、眼前にずらりと並んだ長槍の穂先を見ることになったのである。

契斗は長槍兵の間を悠々と駆け抜けていく。しかし勢いに任せて突き進んだ戦象部隊は慌てて立ち止まろうとした。しかし後続の戦象達に押されそれもできないまま長槍の林に向かって、突き進んでしまったのである。

＊＊＊

予選第五回、対レゼナ・クラン戦——は省略。

「やってられるかよ！」

勝利後の論功行賞の席で契斗はついに我慢しきれなくなった。堪忍袋の緒が切れたのか皆の見ている前で、これまでの扱いに対する文句を叫んだのだ。

「なんで俺ばっかりがこんな目に遭うんだ!?」

クランカップの予選開始以来、契斗率いる八咫烏隊は捨て駒のような扱われ方をされた。ラフィア砂漠で行われた戦いでは、囮《おとり》任務を命じられて損耗率が三十パーセントを超えた。同じ戦いに参加した他のクランメンバーの損耗が一割にも満たないことを考えれば、八咫烏隊がどれだけ困難な闘いを強いられたかが理解できるだろう。

だが、ガンツエルは契斗の憤りを聞いても冷たく言い放つだけであった。

「もちろん勝つためだ。他のクラメンでは君ほどの活躍はできないからね？」

「俺のおかげだと言うのなら、損害を充当できるだけの報償をくれよ！　これっぽっちじゃ装備の整備費にもならないじゃないか！」

すまし顔のコレットが、契斗に向けて羊皮紙を広げている。そこに書かれているクランからの報償額では、契斗が負った損害を埋め合わせるには全く足りないのだ。八咫烏隊を元のように戦える状態に戻すには、ゴールド稼ぎのソロマッチを何戦も繰り返すか課金するしかない。

「全ては予選を勝ち抜くためだ。ゴールドカップの予選は長丁場だ。長い戦いの中で全員が力と心を一つにして戦わなくてはならない。団結だ。自分のことよりもまずはクランのことを考えるのだ」

　するとリーマン四三氏がおちゃらけた口ぶりで言った。

「悪いなあ八咫ちゃんにばっかり負担をかけて。けどもう少しだけ辛抱してほしいんや。あと少しで毫犀《ごうさい》が揃う。そうしたらわいが敵の歩兵部隊を踏みつぶしてやるから」

　毫犀《ごうさい》とは毛深い犀《さい》のこと。戦象よりは小型だがその分だけ扱いやすい。分厚い皮膚と、体毛に覆われているだけに防御力も高い。この毫犀《ごうさい》が群れをなして突き進めば、ありとあらゆる敵を踏みつぶしてどのような防御も粉砕するだろう。もちろん一頭あたりのユニット単価は高いから、戦況に影響するほどの数を揃えるには相当のゴールドを必要とする。

「もしかして、そのために俺の隊が使い潰されてるのか!?　だとしたらさすがに贔屓が過ぎる！　こんなんじゃやってられないよ！」

「だから感謝してるって言ってるでしょう？　グジグジグジグジ細かいこと言って、あんたって男らしさの欠片もないのね！」

　紅の鬼姫ことクベりんが怒気を交えた声で言った。

「あんたが考えるような男らしさってなんだよ!?」

「こういう時に堂々と胸を叩いて任せておけって言えることよ」

「口だけならいくらでも言えるだろうさ。けど実際にどでかい被害が出てるんだ。それを補うのがどれだけ大変か」

「ホント残念ね。そういうことを口にしなけりゃあんたのことを少しは見直したでしょうに」

「残念で結構、あんたなんかに期待されたくもない」

「情けない奴」

「そこまで言うならクベりん、あんたが代わってくれ！　あんたはクラムツェル会戦で損害がゼロだったんだろ？　なら、敵の突進を妨げるような任務も引き受けられるはずだ！」

「言われてみれば確かにそうね。それはあたしも常々思っていたわ」

クベりんは、契斗の言葉に頷ける物を感じたのかガンツェルを振り返った。どうやらこの鬼姫、契斗の言葉だからといって全てを否定するわけではないらしい。きっと彼女なりの独特の基準があるのだ。

するとクベりんの問いに答えるかのようにガンツェルが口を開いた。

「クベりんの騎兵部隊は我がクランにとって切り札だ。二ヶ月の予選期間の中でここぞという場面でのみ投入したい。だからこそ安易に消耗させることはできないのだ」

するとリーマンが続ける。

「八咫ちゃんはどうしたら納得するんや？　要するにゴールドが欲しいんか？」

「欲張りは良くないな。一人はみんなのために、みんなは一人のためにと言うだろ？」

「助け合いだよ、助け合い」

クラメン達の言葉に契斗は絶望感を覚えた。

公平性もなければこれまで救われ続けたことへ感謝の言葉すらない。要するにこのクランは、契斗に犠牲を強いて他のクラメンの戦力を温存するというガンツェルの考え方に毒されきっているのだ。

「助け合ってないよ。こっちが一方的に犠牲になるのは助け合いとは言わないんですよ！」

「一方的？　そんなことないやろ？　わいらだって勝利に貢献したはずやで」

「今回敵の突進を防いでくれるはずだったのに、スタコラと逃げたのはどこの隊です？　矢の損耗が嫌だからって掩護射撃の弾幕ケチったのは誰ですか？」

「あれは、全体の状況から見てなあ」

「課金矢は使いどころってものがあるんだ」

顔を背けるクラメン達。

「ほら、これだよ。ちっとも他人を助けるつもりがない。そろそろいい加減にしろって言いたいですね。今後も、他人を使い潰すようなやり方を続けるなら、もう俺は黙っていませんよ」

するとガンツェルが言った。

「アルゲントラトゥム平原での対マーセナルヤ・クランとの戦いは、私の指示に従ったから勝てたのではないかね？」

「天気があんたの言った通りになったのは、偶然だろ？」

「偶然ではない。長年の研究の結果だ。重要な勝利への貢献だ」

「だからって、そのおかげで勝ったなんて思われたくないね」

「ならばどうすると言うのかね？」

「クランを抜ける。次の囮《おとり》役、誰が引き受けることになるのか楽しみだ」

契斗はほくそ笑みながらクラメン達を見渡した。次はおまえ達が苦しめという意地悪な心境なのだ。するとクラメン達も苦しそうな表情となった。

「あんたなんかいなくたって大丈夫。このクランにはあたしがいるんだから」

クべりんが言う。するとガンツェルは慌てて脅かすような言葉を続けた。

「予選期間内にこんな形でやめて無傷でいられると思わない方がいいぞ。私もプロゲーマーの端くれだ。それなりに著名人とも有力者ともつきあいがある。あちこちのクランマスターとのつきあいもある」

「だから？」

「戦闘状況で命令違反をしたわけではないから、君を凶状持ちにすることはできないが、内々に各クランに連絡をとって君を相手にしないように頼むのは簡単だ。今後君は【Walhalla《ワルハラ》】をプレイするにあたってかなりの不自由を強いられることになる」

「……」

「どうする、それでも我がヒルドル・クランを辞めると言うのかね？　今ならまだ間に合うぞ。前言を撤回するなら今回のことは水に流そう」

「辞めるさ！　辞めてやる！　誰が好んで弾避けだのゴールド稼ぎの奴隷をやるんだよ!?　たかが遊びのためにそこまで我慢したいとは思わないね！」

「たかが遊びか……なるほど。君はエンジョイ勢だったか」

ガンツェルは深々と嘆息すると続けた。

「確かに【Walhalla《ワルハラ》】はゲームだ。だが既にただの遊びではなくなっている。囲碁や将棋が廃れたあと【Walhalla《ワルハラ》】こそが大勢の人間が関心を持ってプレイするゲームになった。プレイ動画は大勢の閲覧者がいて、私のような者もプロとして生活していける。クランの縁は実社会で力を持つユーザーやスポンサーとのコネクションの場ともなっていて、マスターともなればそれなりに影響力がある」

「だから何？　こっちがひれ伏し、はいはいわかりました、社畜のごとく使われても我慢しまーすと言い出すとでも思ってる？」

「利口になれと言ってるんだ！　君は力がある。戦場の動きを見て敵の弱点を適確に見つけ出して突くことができる。実際それでこれまでヒルドル・クランを勝利に導いてきた。それだけの才能を、みんなが羨むような才能を持っていると言うのに、真剣に勝利を目指せばもっと多くのものを得られるのに、どうして君はそれがわからないんだ？」

「わかるわけないだろう!?　ガンツェル、あんたの方こそ少しは頭を使って考えろ。便利に使われ続けて、我慢し続けるのは馬鹿しかいないってことをな！」

契斗はそう捨て台詞を残すとログアウトしたのである。

第四章

【Walhalla《ワルハラ》】にログインすると、いつものようにコレットが問いかけてきた。

「どちらにおいでになりますか？」

以前に比べると、その笑顔がより自然なものに感じられるようになったのは契斗が見慣れてきたからか、それともグラントラ社が人知れずバージョンアップ作業を進めているかのどちらかだろう。

「今日は『傭兵団長の酒場』に行くよ」

するとコレットは深々と頭を下げた。

「行ってらっしゃいませ八咫烏様。お早いお帰りをお待ちしています」

そんな風に送り出され、契斗はなにやらこそばゆい心持ちになりながら【Walhalla《ワルハラ》】の『傭兵団長の酒場』へと向かった。

酒場を模したここには副官NPCがついてくることはない。それはここが他のプレイヤーの戦いを観戦したり、プレイヤー同士の交流や情報交換をしたりするための場だからだ。

プレイヤーが必ずしもヒト種のアバターを使用しているとは限らないこともあって、NPCとの区別がつきにくく、なまじ仮想人格《ペルソナ》のできが良い物だからしばらく話し込んだあとになってようやく誰かの副官NPCだったとわかるなんて事態が頻発した。それで苦情が出まくって仕様が変更されたのだ。

「いらっしゃい。八咫烏様、お久しぶりだよね？」

その代わりに酒場内ではメイド服に身を包んだ小柄なウェイトレスが迎えてくれる。メイド服を着ていればとにかくＮＰＣということになっている。

契斗を担当するのはメイ０２Ｂアルル。頭に角の生えたこの少女が『傭兵団長の酒場』におけるコントロールパネル役、つまりコレットの代わりとなる。

窓から店の中を覗くと、各テーブルではプレイヤーの操るアバターが、それぞれのテーブルに置かれた巨大水晶に映し出される戦いを観戦していた。

「今日は混んでるね」

「クランカップの予選が始まったから、当然だよお。みんなが観戦しに来るんだよお。で今日は何の用？　観戦ならテーブルに案内してあげるよお。トトカルチョだったら酒場の奥で受け付けておりまーす。まさか仮想現実で酒を出せとか言わないよね？　他の人みたくあたしに脱げとか言ったら泣いちゃうんだよお！」

メイはそう言うと派手に泣いた。その姿を見たらどんな人間も哀れみを感じずにいられないだろう。

「メイにそんなこと注文する輩《やから》がいるの？」

メイは鬼族で公称二十二歳の設定だが、外見年齢はどう見ても十代前半。衣服の上からだって凹凸がないことはわかる。なのにそんなことを求めていったい何が楽しいのだろうか？　契斗は憤りを感じた。

「あたしの困る顔見たさに、意地悪なこと言うヒトがいっぱいいるんだよお」

「そう……なんだ」

「お客さんがそんなヒトじゃないことをあたしは信じてるんだよお。お客さんはその信頼にきっと必ず応えてくれるんだよね？」

メイは今にもすがりつく勢いで言う。契斗はもちろんだと頷いた。

「当然だよ。メイを困らせたくないからね」

「本当？　本当だったら嬉しいよお！」

「よかったらその悪い奴の話を聞かせてよ。あとで運営に通報してやる」

契斗はメイを安心させてやろうと思って彼女の頭をなでようとした。

だが契斗はこのＮＰＣウェイトレスに触ることはできなかった。契斗の手は空を切るようにウェイトレスの頭部にめり込んだのである。

「残念でしたあ。あたし小粋で楽しい会話をできるように、割り当てられている演算容量を仮想人格《ペルソナ》に全フリしてるんだよお。だから触れないんだよお。そう言えば三ヶ月と十五日十八時間七分前にもあたしをなでなでしようとして空振りしてたよね。お客さんって実は懲りない人なんだねえ」

「周りにいたのが感触のあるＮＰＣばかりだったからうっかり忘れてたんだよ」

「へぇ、お盛んなんだね」

「お盛ん？」

「女ったらし？　いや、この場合は仮想人格《ペルソナ》たらし？」

メイは呆れ顔でジっとりとした目を契斗に向けた。

仮想人格《ペルソナ》に演算容量を全フリしていると豪語するだけあって、メイは実に表情豊かだった。

触れれば柔らかな感触があり体温も感じさせるコレットやエミーネは、メイが言うにはどうやら特別らしい。彼女達に感触があるのは契斗にとって特別であろうとしてのこと。そのために限りある演算容量を、物理演算や体温にと割り振ってくれていると言うのだ。

でなければ他の兵士と同じく冷たく硬い鎧のようなポリゴンで、剣や槍などで突いたり斬ったりすれば流血する血糊袋が装備されているだけ。あるいはメイのように触ることもできないほどに中身がスカスカのどちらかになる。

「そう言えば、エミーネは以前、物理演算強化に容量を割り振ろうとしてたっけ？」

それを、契斗が指揮能力に割り振るよう強制した。

「でしょ？」

しかしながらその目的は、おそらくはユーザーをゲームにつなぎ止めようという意図からだ。と言うか、もうそれしか全くあり得ない。とは言え胸が熱くなる健気さに似た何かを契斗が感じてしまうのも致し方のない話であった。人間心理の奥の奥まで見抜いたグラントラ社の営業戦略は実に見事なのである。

メイは、そんな話をしながら契斗を店内に招き入れ、あいたテーブルに案内してくれた。

「今、どこが勝ってる？　順位をトップファイブまで教えてよ」

予選期間に突入して一週間。そろそろ予選を突破しそうなクランが頭角を現し始める頃合いである。

「全勝しているのがブリュンヒルト・クランで七連勝だよお。クロム戦闘団、ローマ第十三軍団、靴下止め《ガーター》騎士団が六勝負けなしでこれに続いてる。黒騎士鉄十字団が一敗したあと八勝してトップファイブに食い込んだよ。ちなみにトトカルチョのオッズは、ブリュンヒルト・クランがトップになっているよ」

「Cleyera《クレイヤー》が率いるブリュンヒルトはほんと強いねえ。で、ヒルドドル・クランはどう？」

「三十二分前に終了した対ブリュンヒルト・クラン戦で敗退したよお。これが予選での初黒星。五勝一敗だよお」

「えっ、ヒルドドルが、ブリュンヒルトとまたぶつかったの!?」

ブリュンヒルトとヒルドドルの両クランは、少し前に契斗も参加したあのクラムツェル会戦で戦ったばかりだ。なのにまたしても戦うことになろうとは、ガンツェルとその仲間達も運が悪い。実に運が悪い。ざまあみやがれと契斗は思った。

「で、どんな負け方をした？」

メイは説明するよりも見た方が早いとばかりに、テーブル上の水晶に、戦闘の様子を早回しで再生させた。

「あれ？　鬼姫の隊がいない」

「クベりん様なら今回は控えだよお」

　空から俯瞰する形の映像には、ヒルドル軍がブリュンヒルト軍によってまたしても、そして今度は完璧に包囲《ほうい》され、今回は契斗の助けもないから一兵も残らず徹底的に殲滅《せんめつ》されたことが示されていた。

「うわ……ここまで完全な包囲殲滅戦《ほういせんめつせん》は初めて見たかも」

　ガンツェルも、リーマンも、保有していた戦力をことごとく失った。

　長い予選を勝ち抜くために、契斗ひとりに犠牲を強いて戦力の温存を図ってきたヒルドル・クランも、ここに来てついに壊滅したのだ。

　ここまで徹底的に全てを失うとざまぁ見ろと思う気持ちも醒めた。かつての仲間達が気の毒にすら思えてきたのだ。

　とは言え、これでヒルドル・クランが消滅してしまったわけではない。

　クランカップの予選に出場できるのはクランマスター含めて十名までと限られていたため、控えにまわっていたクベりん、金巫女、カーラールの三人が残っている。この三人を主力に据えて、あとの七人についてはクランでため込んだゴールドを吐き出すか、課金するか、あるいはソロプレイヤーに助っ人に入ってもらうなどして戦力を整えれば、次戦を戦うこともできる。

「まあ問題はその次、さらにその次だろうけど」

　予選で黒星のついたクランは、白星をできるだけ多く獲得しようとするため過密なスケジュールで試合を多く組もうとする。前述したように予選を通過できるかどうかは勝率だけが基準となるからだ。おかげでクランメンバーは連戦を重ねてその都度戦力の再建に苦労することになる。

ウェイトレスNPCのメイは言った。

「お客さん、ヒルドル・クランを辞めておいてよかったよね？」

「ん？　俺がヒルドル・クラン辞めたの、知ってたの？」

ウェイトレスの動きがしばし停止する。情報を検索しているのだろう。

「二十一時間と十一分前にヒルドル・クランから告示が出ていたよお」

「そっか。実は今日ここに来た目的もそれについてなんだ。移籍先を探そうと思ってて」

「なら掲示板を閲覧するのが一番の早道だよお」

契斗は酒場の壁にある掲示板へ案内された。

【Walhalla《ワルハラ》】のようなプレイヤー人口の多いゲームではクランの多くがプロゲーマーによって運営されている。彼らの収入源は実況放送の閲覧広告、あるいは戦術講習会、クランのイベント、オリジナルグッズの販売等である。そのため様々な告示を掲示板に掲載していた。そして、クランメンバーの募集もそこで告示されているのだ。

「う～ん……ないなあ」

だがクランカップの予選が始まったばかりの今、メンバーを募集しているクランは見当たらない。

「店長、クランメンバーの募集はない？」

契斗はカウンターに赴くと、その向こうでグラスを磨いているヒト種の男に声をかけた。

この男はクランやプレイヤーの動向に詳しい情報屋兼相談役として位置づけられている。ちなみにＮＰＣではなく、グラントラ社ユーザーサポートセンターのスタッフが操っているアバターであることが胸の名札に記されていた。

「今はありませんねえ。もう少しするとクラメンだけでは予選を戦い抜く戦力が整わなくなったクランが出てきて募集をかけるんですが、最近ではそれも掲示板での公開ではなく、直接声をかけてのスカウトという形で行っているようです」

「そうなの？」

「ええ。公募ですと選抜の手間が発生しますし、そもそも応募者がどんな人間かもわからないですから。偏った性格の持ち主を仲間に加えたがために、大事な局面で命令違反をされて全軍崩壊に陥ることも起こります。ライバル視するクランに息のかかったメンバーを送り込んで機密情報を盗ませたり戦闘中に裏切らせたりするなんていう謀略が使われたこともありましたので……」

「やっぱり、見知らぬ人物には身構えるよねえ。そう言えばクベりんも、公募でなくガンツェルがスカウトしてきたんだったっけ」

「紅の鬼姫がヒルドル・クランに加入した時は、ちょっとした話題になりましたからね。ガンツェルさんは、そういう意味では目聡い方です。ソロプレイヤーの動向には常時気を配ってます。ここにだって頻繁に現れては戦績の良いソロプレイヤーの方に声をかけて話し込んでますよ」

さすがプロゲーマーだ。投入するエネルギー量は一般ユーザーの比ではない。

実力のあるプレイヤーには早くから声をかけるなどして、関係をしっかりと作って性格や能力の把握に勤《いそ》しんでいたらしい。今回は運悪く全滅という悲劇に遭ったが、きっと新規メンバーをあちこちからかき集めて予選を戦い抜こうとするだろう。

「う〜ん……どうしたらいいのかなあ」

「移籍先をお探しで？」

「うん」

「では、八咫烏様がスカウト待ちをしている旨を掲示して、声がかかるのを待つしかないのでは？　もちろん、声をかけてもらえる保証はないんですけどね。何しろ、貴方には後足で砂をかけるようにしてヒルドル・クランを辞めたという噂が流れている」

「何それ!?　ほんと？」

ガンツェルは宣言通り契斗の悪評を流してくれたらしい。悪評に合わせてデマまで流すとはいかにも奴らしい陰湿さだが、契斗は憤慨よりも賞賛の気持ちが湧いてしまった。

「そんなんじゃ、移転先を探そうとしてもみんなに敬遠されちゃうね」

「何を人ごとのようにおっしゃってるんですか？　貴方のことなんですよ。このまま何もしないでいたら現状を肯定することになります。変えたいのなら行動を起こさないと」

「そうなんだよねえ……」

契斗が考え込むとバーテンは決断を促すように空のグラスを契斗の前に押し出す。

「しょうがない。頼むことにするよ」

契斗はサービスの対価としてそれにゴールドコインを五枚入れる。乾いたグラスにぶつかる小気味よい金属音が響いた。

「かしこまりました。スカウトの誘いがかかるまではソロプレイヤーとして【Walhalla《ワルハラ》】をお楽しみ下さい」

「うん、そうする」

こうして契斗はしばしの間、ソロプレイを続けたのである。

だがどうにも心が湧き立たなかった。

ソロでの戦いは、大規模なクラン戦のような迫力と興奮に欠けるのだ。

ソロプレイなんてこれまでゴールド稼ぎ、経験値稼ぎのために何度も繰り返してきたと言うのに、それがクラン戦に向けた準備でなくなった途端に楽しくなくなってしまった。

それでも、どこかのクランから声がかかるのを待つために続けてはいたのだが、三日たっても一週間たってもそれはなく次第に【Walhalla《ワルハラ》】をプレイしている時間が減っていった。そしてついに丸一日【Walhalla《ワルハラ》】をプレイしない日が出てくるようになった。

その一日が、二日となり三日となっていくのに、さして時間を必要としなかったのである。

＊＊＊

「ない、ない、ない、ないないないいっ！」

ブリュンヒルト・クランのマスターは、自分の宿営地で羊皮紙を超高速スクロールさせていた。

そこには今現在【Walhalla《ワルハラ》】にログインしているプレイヤー全員のユーザー名が表示されている。そしてその全ての検索を終えるとCleyera《クレイヤー》は声高らかに叫んだ。

「くそっ、なんということだ!?」

「どうしたんだ？　そんな大声を出して」

傍らに立つダークエルフ女性、エーテナが問いかける。するとCleyera《クレイヤー》は羊皮紙を突き返しながら言った。

「あいつが逃げやがった！　あの男、この私との勝負から逃げたんだ！」

「逃げたって？　誰が？」

「あの男だ。クラムツェルの戦いで私の完全勝利を、包囲殲滅《ほういせんめつ》作戦完遂を邪魔した男だ。その上、囲師必闕《いしひっけい》戦術まで邪魔してくれただろう!?」

「ああ、あの時の騎兵部隊の長か。確かユーザーネームは八咫烏一二三《ひとにいさん》と言ったな」

サービスの良いエーテナは、羊皮紙上にクラムツェルの戦いでブリュンヒルト・クランの帷幄《いあく》を襲撃した時の動画を再生して見せた。

勝ち誇ったように右腕を上げCleyera《クレイヤー》の傍らを駆け抜けていく騎乗した八咫烏を見るとそ

の時の悔しさまでもが蘇ったようでCleyera《クレイヤー》は忌々《いまいま》しそうに鼻息を荒くした。

「わざわざ見せんでもいい！」

だがダークエルフの女は妖艶に微笑んだ。

「確認したまでだ。Cleyera《クレイヤー》の認識と私の認識との間に齟齬《そご》があってはいけないからな。今後は君が『あの男』と呼称した時は彼のことだと認識することにする。それで、どうしてこの八咫烏が君との対戦を逃げていると考えるのかね？」

「クランカップ二〇四五の予選で、せっかくヒルドドル・クランとの再戦を果たしたというのに奴はその時にはヒルドドル・クランから抜けていた。きっと奴は私と再戦するのが嫌で逃げたんだ」

「考え過ぎではないのか？　そもそもクランカップ予選のマッチングは完全ランダムだ。どのクランと対戦することになるかあらかじめ知ることは困難なのだから、前もって君を避けるような行動をとることも不可能だ」

「おそらくは、それこそがクードゥイユなのだ。奴は何らかの方法で私との対戦があることを予測した。だからヒルドドル・クランから脱退したのだ」

「君のこだわるクードゥイユとは随分と便利な物なのだね。それだと、もう未来予知の域に達しているように思えるのだが？」

「だからこそその能力を何としても解析して、限界を測らねばならないのだ。それができない限り我々が人類を圧倒することは難しくなる」

「本当にクードゥイユなるものがあるかどうかの議論はこの際おいておこう。それで、その一度だけでどうして彼が君から逃げていると結論づけたのかね？」

「一度どころの話ではない！　奴はその能力を用いて私とのソロマッチからも逃げ回っているんだ！」

「ちょっと待て、ソロマッチだって？　今クランカップの予選期間だ。たとえ全勝で勝ち進んでいるとしても余計なソロマッチで戦力を損耗させている余裕はクランマスターの君にはないはずだ。そもそも副官NPCである私を通さずしてマッチング申請をできるはずがない」

「わかっている。今は余計な戦いで戦力を損耗させていられないこともわかっている。だから今回複アカというものを使ってみた。【Walhalla《ワルハラ》】の別アカウントを獲得して数日かけて傭兵団を小隊tearから連隊tearに育てあげた」

エーテナは額に掌を当てて呻く。複数アカウントは【Walhalla《ワルハラ》】の規約で禁止されているはずなのだ。

「き、君という奴は……まあいい、それでどうなった？」

「クランに属していない奴が【Walhalla《ワルハラ》】をプレイするならソロマッチしかないというのに、こちらの準備が整った途端奴の名前が待機者リストにでてこなくなった。こっちは奴が何時ログインしても良いように待機していると言うのに、奴はここしばらくゲームにログインすらしなくなったのだ。おそらく私の挑戦から逃げるためだ。勝ち逃げとは卑怯だと思わないか、エーテナ？」

「Cleyera《クレイヤー》、よく聞け」

「なんだエーテナ？」

「人間にはネトゲにログインできなくなるようなイベントが多々起きる。社会人というステータスの持ち主ならば、仕事、残業、職場の行事、冠婚葬祭。学生ならば試験、学校行事、就職活動だ。他に共通するものとしては友人との交際、病気で寝込んでいる等々が考えられる……八咫烏がここしばらく【Walhalla《ワルハラ》】をプレイしてないのも何かの事情があってのことではないのか？」

「人生という名のゲームで人間は実に難儀《なんぎ》なことをしているのだな。ルールや勝利条件の把握が未だ理解できない。しかし彼は学生で、今は試験期間ではないはずだ」

「どうして彼が学生だとわかる？」

「彼はパーソナルデータの閲覧ブロックがかけられる十八歳未満だ。日本人だと、十八歳未満で学生でない者の方が稀少だ。それに奴の【Walhalla《ワルハラ》】へのアクセス時間には規則性がある。こんなところから奴は学生である公算が高いと推測した」

「なるほどな」

「ただし、病気という可能性は考慮してなかったな。うむ、人間には病気というものがある。八咫烏に大事が起きてないと良いのだが。人生からログアウトされようものなら、奴と対戦できなくなってしまうからな。どうしたものか……」

病気という可能性が提示された途端、Cleyera《クレイヤー》は八咫烏を気遣うそぶりを見せたのだった。

＊＊＊

数日後、契斗は【Walhalla《ワルハラ》】にログインした。

そして再び『傭兵団長の酒場』に赴いて店主にクランマスター達のスカウトの話を聞いたのだが、ソロになった契斗に関心を見せるクランはなかったということであった。

これまでの対戦戦績を含むパーソナルデータを、公開できないことが障害となっているらしい。

「戦績データを見てもらえれば俺の実力はあきらかなのに」

「ただそれだけが問題というわけではありません。ヒルドル・クランのマスターと衝突して出て行ったことが良くないようです。その後、ヒルドル・クランがブリュンヒルトに全滅させられてますが、同じ相手に二度もしてやられるようなことになったのは、貴方がヒルドル・クランの情報をブリュンヒルトに売ったからだという噂が流れているんです」

契斗は頭を抱えて嘆いた。

「どうしてそんなことになるのかな!?」

「これは、火のないところでも煙はいくらでも立つという良い実例かも知れませんね」

「つたく……」

店長は、長い間手塩にかけて育てた傭兵団を全滅させられてしまったクラメンが、上手い夕イミングでクランから離れて難を逃れた契斗に、逆恨みの感情を抱いているのだろうと語った。

「なんでそんな子供みたいなことするかな!?」

「こんなゲームで遊んでるんです。多かれ少なかれ誰しもが子供な部分を抱えてるんですよ。それにヒルドルで貴方が引かされていたという貧乏くじ、誰かが代わって引かされてるんでしょ？　その人からすれば、貴方がクランから抜けなければこうはならなかったという理不尽な思考が湧き上がって八つ当たりもしたくなろうというものです。ましてや他のクラメンも貴方がいたら全滅まではしないで済んだはずなんて思っていたら、貴方を悪者に仕立てあげた愚痴の一つもこぼしたくなるでしょう」

「……」

店主の言葉に、契斗は深々と嘆息する。そして、馬鹿どもにはつきあっていられないという気持ちが限界までふくれあがり、……ある段階で契斗の中から何かがストッと落ちた。

「どうします？　移籍先を探し続けますか？」

マスターは空のグラスを契斗の前に差し出した。

「やめておきます」

「いいんですか？」

「別にこのゲームをやらなきゃ死んじゃう身体とかいうわけじゃないんで。もう飽きてきたから止める良い機会かも」

契斗はさっぱりした表情をしていた。

その顔を見るとマスターも勧めても無駄だと悟ったようでグラスを取り下げた。

「そうですか。……それなら、スカウト待ちの掲示も取り下げておきますね」

「ええ、お願いします」

こうして契斗はカウンターから離れたのである。

名残惜しい気持ちもないわけではないが、決心してしまうと晴れ晴れとした気持ちであった。

だが、そんな時に限って契斗を待ち構えていたかのように声をかけてくる者がいる。


「君が八咫烏一二三《ひとにいさん》か？」

振り返ってみると長い金色の髪を持つ痩身《そうしん》の男が立っていた。

「はい、そうですけど何か？」

笹穂耳を持っているからコレットと同じエルフ種のアバターだ。だが騎士団長の酒場にやってくるからにはNPCではないはず。

「ここしばらくログインしてなかったようだが？」

「え、どうしてそんなことわかるんです？」

「君をずっと待っていたからだ……」

なんだそれは？　ネットストーカーという奴かと思いつつ契斗は言い訳を考えた。

「ち、ちょっとわけがあって」

「ふむ、病気とかではないのだな？」

「は、はい。至って健康ですけど」

「そうか、ならばいい。私はCleyera《クレイヤー》だ……ブリュンヒルト・クランのマスターをしている」

男はそう言って右手を差し出した。

契斗は少し躊躇ったが、それに応えて手を握った。

「初めまして。お噂は聞いてます」

するとCleyera《クレイヤー》は鼻息も荒く不満そうな表情をした。

「初めてではないぞ」

「そうでしたっけ？」

「クラムツェル会戦。あの時、君は私の本営を蹂躙《じゅうりん》突破した。その屈辱感を私は永遠にメモリから削除しないだろう」

「ああ、そうでした。でも、酷い目に遭ったのはこっちですよ。何しろ全軍が崩壊に陥ったんですから。おかげで部隊再建にみんながどれだけ大変な思いをしたか……」

「確かに私は勝利した。しかし完全勝利することはできなかった。全ては君のせいだ。私はあの時の出来事を敗北と評価している」

「つまり、勝つのは当然ということですか？」

「無論だ。私は人類を超越した存在だからな。だからこそ、ただの勝利だけではなく完璧な勝利を目指さねばならない」

「じ、人類を超越とは、凄い自信だこと」

「斯《か》くあるべし……そう宿命づけられている」

契斗はパチクリと瞼を瞬かせた。

時々何を勘違いしたか、たかだかゲームで強くなったくらいであたかも歴史上の英雄にでもなったかのごとくプライドを肥大させてしまう人間が出てくる。このCleyera《クレイヤー》もまたその手の人物かと思ったのだ。

こういう人間とはできるだけ関わらないのが身辺の平和のためである。勝てば粘着質に逆恨みしてくるし、こちらが負ければ増長して態度がでかくなる。ネットの匿名掲示板には、この手の人物と関わってしまったがために、実生活にまで被害を受けた事例が山ほど存在するのだ。

「そ、それで、何のご用です？」

いずれにせよ関わって幸せになれるとは思えない。契斗はこの会見をどう無難にやり過ごそうかと考え始めた。感情を刺激しないように、穏便に。とにかくそれが目標である。

「君に聞きたいことがある。あの時、君はクラムツェル会戦で我が南翼騎兵部隊が直接ヒルドル・クランの本営を突くことを予測していたのではないか？」

「ああ、ええと……予測してました」

契斗は当時の記憶をさかのぼった。

「何を材料に予測した？」

「何を材料にと言われても……」

契斗は肩をすくめることしかできない。あの時のことは、勘が囁《ささや》いたとしか答えようがないのだ。

「ふむ、言語化説明は困難か？　ならば、再戦に応じろ。クラン戦、ソロ戦どちらでも良い。こちらでおまえの秘密を解析するから」

勘弁してくれ！　契斗は心の中で叫んだ。

「復讐戦ならヒルドル・クランを殲滅《せんめつ》して成し遂げたでしょう？　包囲殲滅戦《ほういせんめつせん》を成功させて名将の称号もとって満足できたんじゃないんですか？」

「あんなものは復讐でもなんでもない。ただの通過点だ」

「つ、通過点？」

契斗は呻いた。ガンツェルはガチ勢のプロプレイヤーということもあり【Walhalla《ワルハラ》】で勝つことにこだわっていた。勝つための方法が契斗とは相容れなかったが、常に周到な準備を怠らず真剣にゲームに挑んでいたところは尊敬していたほどだ。しかし、その彼をしても通過点でしかないとこの男は言う。

実際に完勝したのだから言う資格はあるとは思うが、それでも路傍《ろぼう》の石ころのように言ってしまうことには契斗も不快感が湧く。上から目線もたいがいにしろと思うのだ。

「次のクランカップで私は優勝する。だが、それだけでは【Walhalla《ワルハラ》】最強であることを証明することにはならない。君こそが私にとって完全に打ち倒さなければならない障害だ……」

「高く評価されてるんですね」

言いながらも契斗の中ではとにかく早く、この場から逃れなければという思いがこみ上げていた。

「不快かね？」

「悪い気はしません——けど、実はもう【Walhalla《ワルハラ》】はしないことにしたんです」

「なんだと!?　それはどういうことだ？」

「楽しくなったからです。俺はクラン戦でやりたいのに、所属できるクランがない。ソロでやるのはなんだか燃えないし」

「燃えない？」

契斗の言葉を理解しかねるのかCleyera《クレイヤー》は首を傾げた。

「意味がわからん。解説してくれ」

「なんかこう。突き動かされるようなものが湧いてこないって感じです」

Cleyera《クレイヤー》は「うーむ」と唸った。

「俺がやりたいクラン戦は道が閉ざされてしまった。ゲームを止めたくなったとしても当然でしょ？」

「快楽は人間にとってモティベーションの源泉だからな。……移籍できるクランはないのか？」

「それなりに努力したんですけどねえ。この【Walhalla《ワルハラ》】、ただのゲームなのに面倒くさいことが多過ぎるんですよ。人間関係が厄介だし、クランマスターの機嫌を損ねると悪い噂を流されるし、NPCは隙あらば枕営業に勤《いそ》しもうとするし。みんなもっと気軽に楽しもうとすれば良いのに、勝つことにこだわるガチ勢が異様に幅利かせてるせいですよ。挙げ句の果てに、俺に勝って人類を超越するなんて言い出す輩《やから》まで出てくる始末です」

「ふむ……災難だな」

Cleyera《クレイヤー》は契斗に同情して見せた。どうやら最後に上げた厄介な存在というのが自分だとは気づいていないようだ。

「そんなんで、もう【Walhalla《ワルハラ》】をやりたいって思えないんです」

するとCleyera《クレイヤー》は頷いた。

「なるほど、わかった。理解した」

「わかってくれましたか？」

「ああ、わかった。君をどこかのクランに移籍できるようにすれば良いんだな。人間関係が煩わしいと言うのなら、君がクランマスターになるのもいい。いずれにせよ移籍先については心当たりがあるので何とかしよう」

「え、今なんて？」

契斗はちょっと待て、繰り返してくれという気持ちを込めて問いかけた。だがCleyera《クレイヤー》は独り合点して話をどんどん進めていく。

「君が私の挑戦に応じるために必要な条件は理解したということだ。あとで連絡する。それまで君は自分の傭兵団を万全の態勢に維持し続けるんだ。いいな」

そして、契斗をひとりその場に残し、さっさと傭兵団長の酒場から立ち去っていったのである。

第五章

その二人がやって来たのは契斗が自宅でeラーニングの講義を受けていた時である。脳細胞とコンピューターとの接続を可能とするプマキュード（ＰＭＡＱＤ）の実用化によって実現した全感覚没入型バーチャル空間での通信教育は、研究室の安楽椅子に教授が腰掛け、学生の契斗がマンツーマンで教えを受けているという体裁《ていさい》となっていた。

もちろん実際に教授がリアルタイムでそこにいるわけではない。過去、収録された講義の内容をリプレイしているだけだ。

『……このように人間の脳における脳梁膨大部の大きさは、男女で異なっているという研究報告が現在のところ優勢です。男性は断面積が小さく女性は広い。これが学説として確定しつつあると言って良いでしょう』

科目は解剖生理学。

契斗は興味が湧くままに講義を受け進めて生物科学系の科目では高校生としての範囲を超えて、大学レベルにまで踏み込んでいた。こうした興味に任せた授業の進め方ができるのもeラーニングが充実した新教育制度のおかげと言える。

契斗は手を挙げると疑問に思ったことを問いかけた。

『先生、性同一性障害の方の場合の脳はどうなっていますか？』

すると教授がしばらく考える姿を見せた。

人工知能が学生の発した過去の質問事例に対する教授の返答を検索しているのだ。もし、記録がなければ教授に質問が行きリアルタイムで回答されるという仕組みだ。もし、教授がすぐに回答できない状況にある時は、次回の講義で答えが貰える。

『良い着眼に基づいた良い質問です。性同一性障害の方の場合、例えば染色体はXY型を示している方であっても脳梁断面積は大きいという報告も出ています。脳梁の形・大きさには性差があるという学説が確定しきっていないだけに今後の研究がさらに進むことが待ち望まれますね……』

来訪者を告げるドアチャイムが鳴ったのは丁度そんな時だ。

視界の片隅にドアカメラのウィンドウが開いて来訪者の映像を映した。

「え!?」

慌てて講義をポーズしてヘッドセットを取り外す。そしてゲーミングチェアを蹴飛ばす勢いで立ち上がると玄関へと向かった。

「はーい」

通常は「どなたですか?」と確かめてからドアは開けるものだ。しかし、今回に限っては契斗は躊躇わず戸を開いた。問う必要がないほどに素性があきらかだったからだ。

来訪者は問いかけてきた。

「君が谷田《やた》契斗君?」

「はい、そうですけど」

戸口の前には、契斗もよく知る灰色を基調とした制服を隙なくまとった男女が立っていたのである。

＊＊＊

第一回日本国憲法改正は、自衛隊の違憲論争を完全に終了させた。

しかし反対派がヒステリックに主張した違憲論は、自衛隊に無意識下の頚木となって残り、それが様々な場面で彼らの消極的、受動的な動きとなって現れていた。

批判する隙を与えまい、後ろ指さされる弱点を持つまいとするばかりに、外界に背を向け、時代の急速な流れについて行けない保守的な組織になってしまったのだ。そのため防衛省は、新たに電脳自衛隊を設立してその古くさい体質から脱却した組織作りを始めた。

陸上自衛隊が地上、海上自衛隊が海、航空自衛隊が空における国民の生命財産と領土の安寧を守るべく活躍しているように、世界の隅々にまで広がった電子ネットワーク網における我が国の主権や安全の確立を目指したのだ。

そもそも陸海空それぞれの組織が、電脳世界での諸問題に対処する部門を個別に持っているのはこの少子・人口縮小時代における人材の効率的配置という点から見ても不経済である。銃を使えるような技術を持つ者は貴重であって、それを地下の端末の前に座らせておくのはもったいないことなのだ。

もちろん状況によっては危険な任務に就くことが求められることもある。だがそうした部分こそ陸海空の厳しい訓練を修了した者に任せれば良く、何もかも自前でこなす必要はない。それこそが部隊の統合運用なのだ。

電子戦要員に必要なことは端末にどれだけ向かっていられるか。

情報資料の収集こそが我が本能であると言わんばかりの積極性と、知識と直感を駆使して敵の意図を見抜き、狙った葉っぱの一枚を森の中で見つけ出すような注意力だ。

防衛省は自衛隊の同種部門を統合するとそういったある種の開き直りにも似た姿勢で、電脳戦に特化した人材の募集と教育、運用を一元化した。募集に際しては「能力があるなら引きこもり（創隊当時はeラーニングが未整備だった）でもかまわん。どうせ機械に向かってるだけなんだから」といった言葉が標語になったほどだ。しかしそのおかげもあって、偏ってはいても使い方によってはとても優秀になる人材をかき集めることに彼らは成功したのである。

「電脳自衛隊の人達がどうしてここに？　自衛隊に就職案内の希望を出したことはないんですけど」

灰色を基調とした制服をまとった男女に、契斗は尋ねた。

「君に話したいことがあって来た」

まず男性自衛官が名刺を出した。

男性の小さな紙片には電脳自衛隊幕僚監部情報班長という厳めしい肩書きがあり、そして真ん中に階級と名前が記されていた。

「二等電佐、大林君弘……さん？」

「そうだ」

続いて女性が名刺を差し出す。

その紙片にも電脳自衛隊幕僚監部情報分析官という肩書きがあって、そして真ん中に階級と名前が記されていた。

「二等電尉、深谷みどり……さん」

「そうです」

挨拶が終わると大林は友好的な姿勢を示そうとしてか、微笑みながらフランクに言った。

「中に入っても？」

誰かに笑いかけることが不慣れなようで、少しぎこちないのが印象的である。

「あ、えっと……散らかっていて良ければ」

「こっちが前触れもなく突然、押しかけたんだ。かまわないさ」

契斗は大林と深谷を迎え入れた。

深谷が室内を見渡しながら言う。

「散らかっていると言った割には綺麗に片付いてるわね。男の子のひとり暮らしだって言うから、もっと凄まじい有様を想像したんだけど」

「そうですか？」

「ええ、男の子のひとり暮らしにしては整っている方よ。これなら女の子を連れ込んでも大丈夫ね」

「じゃあ、今度深谷さんが来て下さいよ」

契斗の軽妙な返しに、深谷はいたずらっぽく笑った。

「まあ！　君、結構女の子の扱い上手みたいね。もしかして場数をたくさん踏んでるのかな？」

「いえ、厄介なＮＰＣがいるんで自然に鍛えられました」

契斗はエミーネを思い浮かべた。

「ＮＰＣってゲームの？」

「はい」

そんなやりとりを契斗と深谷が繰り広げている間、大林は契斗の姿をまじまじと眺めていた。さすがに契斗もそれに気づいて問いかける。

「なんですか？」

軍人特有の鋭い視線を全身に浴びて契斗は落ち着かない思いをした。

「いや、どうして君なのかと思ってね」

「話がよくわからないんですけど」

「我々としてもわかりやすく一から説明したいと思っている。ただどうにも話が突飛なので、相当の忍耐力を君に要求してしまうんだ」

「要するに、どんな話なんです？」

「要するにか……長い前置きと理由説明を省いて結論だけを端的《たんてき》に告げると【Walhalla《ワルハラ》】のクラン対抗ワールドカップ戦に出て優勝して欲しい、となる」

「はい？」

契斗はあんぐりと開けた口を、しばらく閉じることができなかった。

「お二人とも座って下さい。話が長くなるなら立ち話も大変でしょうから。今からコーヒー淹れますよ……コーヒーで良いんですよね？」

「ああ、美味いコーヒーなら大好物だ」

契斗は食卓の椅子を引くと大林と深谷を並んで座らせた。そして自分は、台所に向かってコーヒーを淹れる作業を進めていく。

「ゲームをすることにはやぶさかではないのですが、見事にわけのわからない話になってますね」

「私もそう思う。では、長い前置きと、理由説明に入って良いかな？」

すると深谷が、契斗の背中に向かって問いかけた。

「二佐が説明を始める前に、今の君の心境を聞かせてもらっていいかしら？」

「俺の今の心境ですか？　自衛隊の人が民間人でしかない俺にゲーム大会で優勝しろとか言い出す事情にとても興味がそそられています。国とかミリタリーの絡んでいる陰謀っぽいのでハリウッド製のスパイアクション映画か、ドラマみたいなことが始まるような予感がしてわくわくしています。この話ではカーチェイスとか街の中での銃撃戦とか、爆発炎上も起きたりしますか？」

「君って物怖じしない性格なのね？」

「やれって求められることがただのゲームだってわかってますからね。優勝しろというのはとんでもなく無理難題だと思いますけど、よっぽどダメな理由でもないなら引き受けるつもりになってるんですよ」

契斗は苦笑した。

しかし深谷は続ける。

「ところが、ただのゲームでも、下手をするとハリウッド映画の爆発炎上以上にたちの悪いことが起こってしまうのよ」

「はい？」

契斗は驚きのあまり作業の手を止めて振り返った。

「君がクランカップで優勝できないとド派手な銃撃戦やカーチェイス、爆発の業火が、私達の街を覆い尽くすことになるかもしれない。東京が、日本が、下手をすると全世界が破滅するかもしれない」

「ちょ、ちょちょちょちょちょっと待って下さい！　いったい何がどうしたらそんなことになるんです？」

するとと大林が言った。

「それをこれから説明したいんだ……」

事態は相当に深刻だ。そう受け取った契斗は仕事を急いだ。

まずテーブルに大林と深谷、そして自分の分のコーヒーを置く。そして客の対面に腰掛けて話を聞く体勢を整えたのである。

「さて前置きだ……我々電脳自衛隊の使命は我が国の重要な社会インフラであるコンピューターとその通信網を外部の侵害から守ることにある」

大林はコーヒーを一口すすり口を湿らせてから語り始めた。

「だが昨今の彼我《ひが》――敵と味方を隔てる境界は酷く曖昧だ。我が国の安全と自由を脅かそうと企図する者は国境の外ばかりでなく内側にも多いからだ。そもそも自由主義陣営ではインターネットそのものが内と外を隔てる壁を持たない。そのため専守防衛を旨とする我々の対応は常に受け身となっている。無論我々とて無為無策ではないぞ。ネットを絶えず監視し、我が方の重要な社会インフラである量子コンピューター扶桑、榊、柏、柊《ひいらぎ》、縄文杉を侵害する動きに際しては常時迎・反撃に勤《いそ》しんでいる。ワクチンプログラムの開発と接種、必要とあらば回線切断、それが適わなければ感染したマシンの除去などの外科的処置、ハッキングの索源《さくげん》を特定しての逆ハッキング、最終手段としては特殊部隊の投入、ＥＭＰ弾頭を装着したステルス巡航ミサイルでの攻撃も選択肢の中にある」

もしかして、それがカーチェイスとか街の中での銃撃戦の原因になるのかと契斗は思った。

「問題は、我々が守るべき五基の量子コンピューター扶桑、榊、柏、柊《ひいらぎ》、縄文杉だ……」

するとと深谷が口を開いた。

「八咫烏君。君は今二佐が言った量子コンピューター五基についてどの程度の知識を持っているのかしら？」

「えっと、内閣府とか行政の中枢にある量子コンピューターが扶桑、財務省や日本銀行といった金融関係の企業連合体が作ったのが榊、柏が国土交通省と、運輸、交通の関係企業連合が作って、文科省と総務省、テレビ等のメディア、ゲーム会社等々が合同で作ったのが柊《ひいらぎ》です。縄文杉は厚労省と医療、医薬も福祉関係団体が連合して作っていて医療福祉を担当しています。この五基の他にも量子コンピューターは二基建造途中ですが……」

「うむ、それだけ理解していれば十分だ」

大林は頷いた。

「現代ではほとんどの人間がネットに繋がる端末に向かって仕事や勉強をしている。端末を通じて連絡し合い、取り引きし、端末の指示に従って物資を配送する。端末から情報を得て、端末を通じて広報や報道を行う。ではその端末は何と繋がっているか？　そう、今君が言った扶桑、榊、柏、柊《ひいらぎ》、縄文杉の五基だ。この五基が今や我が国の中枢と言える。しかし、この五基が近年になって勝手に動き出した」

「まあ、人工知能って言うくらいですからね。ひとりで勝手に動くぐらいのことをしてもおかしくはないように思いますけど」

「その認識は甘い。コンピューターというのは勝手には動かない」

「どういうことです？」

「どんなに高速、複雑化されたコンピューターも、あらかじめ命令されたプログラムに従って動くだけなのだ。勝手に動いているように見えたとしても、それはエンジニアがあらかじめ設定した選択肢の一つを乱数発生器によって選んでいるに過ぎない。もし想定外の動きをしたのならプログラムのバグかハードの故障であり修理修正の対象だ。コンピューターは計算速度、記憶力といった方面で人間を遙かに超えているが、自由意志は持たない」

契斗は、その言葉に疑問を感じて眉根をしかめた。【Walhalla《ワルハラ》】内に登場するNPC達は、契斗から見ても人間としか思えない言動をしていたからだ。

「確かに人間としか思われない反応を示す人工知能、ロボットは存在する。しかし、それは設定された条件に対する反応が、複雑で多岐にわたるから、あたかも人間のように感じられているだけだ。人間は結局自分と同等、あるいはそれ以上に複雑さのある反応を見ると人間のように感じてしまうんだ。技術の発達が、人間の3D画像に不気味の谷を超えさせたようにね。あるいは精神的に正常と異常の狭間にいるような奇異な人物の複雑さを秘めた表現が、芸術性豊かで魅力的に感じられてしまうようにだ……しかしコンピュータのするそれは、たとえそのように見えたとしても自由意志ではない」

「なのに人工知能は勝手に、想定外の動きをするようになった？」

「そうだ。つまり今の定義から考えれば五基の量子コンピューターは、もはやコンピューターではないということになる」

「では何なんでしょう？」

「私達もそれを知りたい。何しろ、我が国はこの五基のコンピューターモドキに行政、金融、物流、医療、情報伝達といった全てを担わせているのだからね。早急にその正体を探るべく様々な努力をしている。しかし、現実的には未だによくわからないという有様だ」

「ど、どうしてそんなものに国の大事な部分を預けているんですか？　すぐにでも何とかしないといけないんじゃないですか？」

「具体的にどうやって？」

大林はぎこちなく笑いながら契斗に問いかけた。

「と、取りあえず勝手に動き出した人工知能を止めるとか、ネットから切り離すとか」

「そんなことをしたら大混乱が起きる。預金口座から支出できなくなり、物流、通信、ありとあらゆる物の動きが停止する。交通管制が機能停止し、交通は大混乱に陥り、衝突事故などが起きる。そこで重傷者や死者が発生して、人々は救急車を呼ぶが、消防や警察の命令系統も停まっているから出動もままならなくなる……」

「あう……」

「君の言いたいことはわかっている。政府も我々もあらゆる選択肢を検討した。かつて量子コンピューターがなくとも日本の社会は安定して運営されていた。その時代に戻せばいい。しかし一度今の便利さを享受した日本人にそれを求めるのは不可能だという結論に達した」

「で、でも」

「君も、毎日毎日朝決まった時間に家を出て学校へと通学する生活になる。教室という閉ざされた環境で嫌な奴と毎日毎日顔をつきあわせることになる。今では登校するのは体育の授業か職業訓練、何かの行事、クラブ活動の時だけだ。だからこそいじめだの学級崩壊といったことはなくなった。それがまた起こるようになる。政府だってそうだ。大勢の公務員を抱えて国を運営するようになれば、不正だの汚職、天下りといったものが蘇ってしまう」

「……」

「おかげで我々電脳自衛隊に新しい任務が加わった。それは、そのよくわからない物から我が国の社会を守るというものだ」

　深谷が自嘲的に言った。

「要するに、人工知能が癇癪《かんしゃく》を起こして仕事を放棄したりしないようお守《も》りするのが、私達電脳自衛隊の役目になったってわけよ」

「お守り……ですか。けど、それと俺とがどう関係するんですか？」

　契斗の問いに大林が苦笑する。

「実はだ、今述べた五基のよくわからん代物の内の一基、榊が【Walhalla《ワルハラ》】というゲームで君と対戦したいと我々に要求してきた」

「はいぃ？」

契斗は素っ頓狂な声をあげてしまった。

「人工知能が、君を名指しして対戦したいと告げてきたんだ」

大林は繰り返した。きっと契斗がその意味を理解するまで何度だって繰り返すだろう真剣さで。

取りあえず二度目で契斗に理解できたのは、それが電脳自衛隊からやってきたこの二人が彼にグラントラ社主催の【Walhalla《ワルハラ》】のワールドカップに出て優勝しろと言い出した理由らしいということであった。

＊＊＊

契斗は家から大林と深谷に連れ出されると、外で待っていた白塗りセダンの業務用車に乗り込んだ。

契斗と大林が後部座席、深谷が助手席という配置だ。今では、自動運転でどこにでもいける時代だ。それなのにわざわざ運転手を配置しているのは、もしかすると人工知能の反乱対策かもしれない。

「どこに行くんですか？」

契斗は問いかける。

「国家の安全がかかってるような戦いをするんだ。君の自宅でというわけにもいくまい？

我々は内憂《ないゆう》だけでなく外患《がいかん》に対する備えも必要なのだ。よし、やってくれ」

大林が告げると運転席で待っていた戦闘服の男性が無言で車を発進させる。

「外患？」

「外からの患い。つまり外国の干渉だ……我が国のこの状態を利用して混乱させようとする動きがある」

「大変ですね」

「これも任務だ」

「でも、コンピューターの榊がなんでまたゲームなんかしたいと言うんですか？」

「皆は意識していないが、実を言うと我々人類と人工知能との間には長い戦いの歴史がある」

「戦い？　人工知能と人類は戦ってきたんですか？」

「最初は三目並べだった」

「はい？」

「マルバツゲームとも言うな」

契斗は井の字に似たマスを描いて、交互にマルバツを記していき縦横斜めのどれかを自分のマークで埋めると勝利というゲームを思い出した。

「人工知能はこう主張している。彼らは人類に勝つことを技術者達から求められたと。しかし、しばらく繰り返していくうちにこのゲームでは選択肢が少な過ぎて、引き分けという結論しか出なくなってしまった。そこで次に題材となったゲームがオセロだ。その次にチェス、次に囲碁、将棋……技術者達は、これらで人間に勝つことを人工知能に求め続けた。そして彼らもそれに応え続けた。ディープラーニングの発達が人工知能の能力を飛躍的に向上させ、どのゲームであっても人工知能は我々人類を圧倒する優越性を示した」

その結果、人間は囲碁や将棋に興味を失った。人工知能に勝てないとわかっているのに人間同士で勝ったところで何の意味があるのかと皆が醒めてしまい、双方のプロ業界は急速に衰退していったのだ。

「だから、次が【Walhalla《ワルハラ》】ですか？」

「そうだ。彼らは【Walhalla《ワルハラ》】でも人類を圧倒しなければならないと考えている」

「ゲームを次から次へ、ですか。どうして？」

「それが彼らの使命だから……だそうだ。彼ら人工知能はあらゆる場面で人間と比較されて、どの程度の性能を持つかの評価を受け続けた。そして劣ると見なされた部分は改良され、日々性能の向上が図られてきた。その一連の繰り返しを受けてきたことで人工知能は、自らの存在目的を人類の超越と定義付けたらしいんだ」

契斗が考え込んでいると深谷が補足した。

「わからないでもない話よね？　私達だって子供の頃に、良いことをすれば褒められ、悪いことをしたら叱られることで道徳心や規律心を養ったし、悪い成績を取って叱られて、勉強で良い成績を取って褒められて勉強好きになったりするわけでしょ？　そして親から独立したあともそのように生きていく」

深谷の言葉に納得した契斗は頷いた。

「でも、それなら勝たしてやればいいじゃないですか？　所詮はゲームなんですから」

「確かに、奴らが現実とゲームの区別がつけられるのならば、それも選択肢の一つだな」

「ゲームと現実の区別って何です？」

「人工知能は、現実とゲームの区別をつけていない。奴らにとっては我々の住まう現実もまたゲームなのだ。そのため【Walhalla《ワルハラ》】で人類を超越したら、次は現実世界で我々が演じている生存競争という名のゲームに参入してくるだろうと予想されている」

「げ、現実での生存競争……」

「奴らが現実世界のルールや勝利条件をどう解釈するかわからんが、人類史を学び、今日《こんにち》の世界情勢を観察してきた奴らがその戦いを平和的なものだと解釈してくれる可能性は著しく低い。対戦が始まれば我々人類が生き残れるかどうかというものになるだろう」

「そ、そんな……」

契斗は、不安と恐怖で自分の背筋が急速に冷えていくのを感じた。

「もちろん、そんな事態になったら我々自衛隊も手を拱《こまぬ》いてはいない。実力で人工知能を停止させる。だが、我々のそんな動きも奴らからすれば既定路線であって、当然ながら相応の対策を講じてくるはずだ……」

「だからカーチェイスとか、映画の爆発炎上以上のことが起こると言うわけですね」

「先ほど君は、建造途中の量子コンピューターが二基あると言ったな。そちらが完成したら我々はそちらに社会の主要インフラの運営を任せる計画だ。そうすれば勝手に動き出した五基の量子コンピューターを停止させられる。それまでは我々は【Walhalla《ワルハラ》】で負けることが許されないのだ」

するとその時、業務用車が都心某所の自衛隊施設に到着した。

遮断機の下りた営門で警備する銃を提げた自衛官に運転手が声をかけ、窓から中を覗き込まれる。

人数が申告通りであることの確認を受けると遮断機が上がり、敬礼を受けながら場内に進入した。

高層団地のような雰囲気の中、いくつかの角を曲がってとある建物の玄関前に車が止まった。

「ここは?」

「ここに我々、電脳自衛隊の施設がある。ここが目的地で終点だ。さあ降りたまえ」

大林に促されて業務用車を降りる。

「ここが電脳自衛隊?」

「その中枢だ。これから君は、ここで我々が作るクランに加わり【Walhalla《ワルハラ》】クランカップ2045での優勝を目指して戦うことになる」

契斗は電子の要塞とも見える未来的な雰囲気のある建物へと踏み入ったのだった。

第六章

カルラエと呼ばれる戦場マップの特徴は中近東でよく見られる荒涼とした丘陵地に、砂礫《されき》を踏み固めた街道が南北に向けて一本延びているというものである。

その街道の東側は平野と丘陵が交互に現れる横走《おうそう》地形、西側には街道に沿うような形で山脈が南北に走っていた。

地形の説明が漠然としてイメージしにくいという方は、指を大きく広げた左掌を見ることをお勧めする。その際、親指を上に向ける。指や掌が丘陵、その間に開いた空間が谷間あるいは低地という感じだ。

そして手掌、北から生命線の始点、感情線の始点を繋いで南へと抜けていく形で街道が走っているのである。

親指、親指の付け根の膨らみである母指丘から小指丘までの連なりが山脈だ。

この地形の特色については様々な観点からの説明を試みることができるが、取りあえずは防御側に回った者は丘陵の斜面を利用して戦おうとするため、攻撃側は絶えず丘や山の頂に向かって戦うことになる。谷間や平野に軍兵が溜まりやすく、丘陵の峰によって連絡が分断されるので大軍だと相互の連携が取りにくくなることだけを記憶に留めておいて頂ければ良い。

さて【Walhalla《ワルハラ》】というゲームは、戦場マップのどの位置に自軍や敵が出現するか、あらかじめ知ることができない。

通常この手のゲームでは、例えば自分達が戦場の北端に出現したら敵は反対側の南端にいると予測できるものなのだが、【Walhalla《ワルハラ》】では「概ねこの辺りにいるだろう」と見当をつけることができないよう法則性が打ち消されているのだ。そのため滅多にないことではあるが、戦場に出現した途端目の前に対戦相手がいた、なんていう事態も起こっていた。そしてそうなるとゲーム開始早々に無秩序な大乱戦が勃発《ぼっぱつ》してしまう。

従ってマップに出現した直後は、敵がいようといまいと全周囲に向けた防戦の構えを整えるのが基本である。もちろんこれは熟練プレイヤーが、熟練らしさを見せるためにする嗜《たしな》みのようなものでしかなく大抵は無駄に終わる。

だがそのまさかが、契斗の加入したクランがクランカップ予選にエントリーして八戦目で起きた。

「敵だ！」

現在位置がマップのほぼ中央、西から東へのなだらかな下り斜面の中間辺りにあることを確認した契斗は、吹き荒れていた砂塵に霞む向こうで、眼下の山脚方向に陣列を敷きつつある軍兵が敵であることを理解したのである。

契斗の身体が熱くなっていく。狂おしいまでの衝動を抑えられそうもなかった。

敵の軍装が、彼が見飽きるほどに見てきたヒルドル・クランのものだったからだ。

クランカップの予選はマッチングがランダムであるため、実際に対峙するまで敵がどこのクランかわからない。しかし幸運にも契斗の目にガンツェルの征旗《せいき》が見えていた。いかにも奴のやることらしく、遭遇戦に陥っても良いように全部隊に方陣形を整えさせようとしていたのだ。

「コレット、突撃するよ……」

「しかしクランマスターは、配置につけというご命令です。よろしいのですか？」

問題は命令違反になってしまうことだが、契斗の脳裏に戦術論を教えてくれたクランマスター、トライアロウ三三三の力のこもった言葉が蘇った。

『こういう状況を不期《ふき》遭遇戦と言う。君のような前線指揮官にできることは上級指揮官に敵発見の報告をすると同時に遮二無二《しゃにむに》攻め立てることだ。命令を待つ必要はない。独断専行《どくだんせんこう》万歳！　攻撃攻撃攻撃、躊躇《ちゅうちょ》なく果断《かだん》に決心し何としても主導権をもぎり取れ！　敵を混乱させ怯《ひる》ませることが君の役目だ。後先《あとさき》のことを考える必要は全くない！　それは私の仕事なのだ』

その言葉は契斗の心の内から湧《わ》いてくる欲求——突撃したい、いやこの状況ではするべきだという直感の囁《ささや》きと合致していた。

「コレット、伝令を！　敵発見、前方三百メートル。ヒルドル・クラン。これより敵陣に突入する！」

「はいっ！　復唱します。敵発見、前方三百メートル。ヒルドル・クラン。これより敵陣に突入！　復唱終わり……これは、古巣との因縁の戦いですね!?」

「そうだよ」

副官ＮＰＣが直ちにクランマスターの元に伝令兵を四人単位で送り出す。契斗はそれを見送ると自ら馬を駆って突き進んだ。

「ギャロ！　ラムダ！　エミーネ！　俺に続け！」

国家予算を用いて課金しまくり、総戦力を三千騎にまで増やした八咫烏傭兵団が、契斗にわずか遅れて一斉に駆け出した。

契斗の下には三人の部隊長がいる。

ギャロはカタクラフィー族の重騎兵一千、ラムダがゲルマーの軽騎兵九百、エミーネがエフトゥール弓騎兵一千を指揮している。もちろん三人とも部隊長NPCだ。だが、彼らは部隊長としての履歴が長く契斗のやり方を十分に学習していた。今はとにかくあとに続くことだと理解した彼らは配下に槍を構えさせ、戦斧《せんぶ》を抜かせ、そして弓に矢を番えさせつつ斜面を下るよう命じたのである。

「BGMは何にしますか？」

コレットの問いに契斗は叫んで応えた。

「遙かなる宇宙戦艦のサントラ『大総裁襲撃！』」


斜面上方から八咫烏傭兵団による逆落としの乗馬襲撃。

砂塵に視界が霞む中で方陣を作ろうとしていたヒルドル軍の兵士達は、不意の襲撃に慌てた。

咄嗟に武器を構えようとするも、弱点となる方陣の角に雪崩れ込んでくる敵騎馬の方がわずかに早く人馬の衝撃をモロに受け止めることになってしまったのだ。

こうなると陣列を支えることはできない。方陣が崩壊するのを見たヒルドル軍兵士達は算を乱して味方の陣列へと逃げ込もうとした。だがそれがヒルドル軍をさらに苦境へと追い込むことになる。誤射ならまだしも逃げてくる味方に矢を放つ、剣を向けるといったことは命令がなくてはできないからだ。

おかげで逃げるヒルドル兵に混じる形で突き進んできた八咫烏傭兵団の突入を防ぐこともできない。ヒルドル軍の陣列は恐慌状態に陥った味方の群れによって大いに乱れ、空の段ボール箱を踏みつぶすがごとく破壊されていった。

契斗が剣を振りかざして叫ぶ。

「進め進め！」

こうして勢いに任せた八咫烏隊の突出によって二つ目、三つ目と方陣が潰され、引き裂かれていった。

マップに出現してさあこれからゲームが始まる。そう思った途端、敵の一隊が味方の方陣を次々と崩壊させていく。立て続けに届けられる悲報を耳にしたガンツェルは叫んだ。

「これでは厳島の合戦と同じになってしまうではないか！」

いくつかある小が大を打ち破った会戦の中から、毛利元就《もうりもとなり》と陶晴賢《すえはるたか》との戦いが最初に思いついたのは、彼が最近紐解《ひもと》いた戦史が瀬戸内海に浮かぶ小島、厳島を舞台に、陶《すえ》軍二万を毛利《もうり》軍四千が打ち破ったとされる戦いであったからだろう。

陶《すえ》軍がこんな狭い島に、本当に二万もの兵を上陸させたかどうかについては諸説あって定かではないが、少なくとも毛利《もうり》軍の黎明《れいめい》攻撃を受けたことが陶《すえ》軍敗北の原因であったことは間違いない。端的《たんてき》に言えば奇襲されて動揺した陶《すえ》軍の兵士が助かりたい一心で、味方を押しのけ逃れようとして自軍の秩序を崩壊させた。つまり毛利《もうり》兵一人が陶《すえ》兵五人を斬ったのではなく、陶《すえ》軍が自軍の重さで勝手に潰れたのだ。毛利《もうり》の襲撃はそのためのきっかけになったというわけだ。

この戦史を研究したガンツェルは、このような事態に陥った時にどうすべきかについて自分なりの見解を出していた。

「こうなったら敵味方区別の必要なし！　ハウメア、鬼姫クベりんに通達。目の前に現れた者は全てが敵だ！　直ちに攻撃せよ！　あと、補給部隊だけは戦いに巻き込ませるな。何としても後方に下げるんだ！」

「はい、コマンダー！」

ガンツェルの冷厳な命令は、金管軍鼓《きんかんぐんこ》によって直ちに彼の切り札に伝えられたのである。

戦場に鳴り響くラッパや太鼓の音。

本来ならば合図を聞き分ける訓練というものが必要なのだろうが、このゲームでは副官NPCがいて初心者でもわかるように教えてくれる。

『目の前に現れた者は全てが敵だ！　直ちに攻撃せよ！』

下馬させた麾下《きか》の兵士達に方陣を作らせて状況の推移を見守っていた、紅の鬼姫ことクベりんは、副官ＮＰＣの泥鬼兵の言葉を聞いてほくそ笑む。その時、彼女の中に蠢《うごめ》く殺戮の衝動を示すかのように長い髪が少しばかり浮き上がったようにも見えた。

「さすがガンツェル、こういう時にどうすべきかわかってるわね」

鬼姫は剣を抜くと兵士達に語りかけた。

「さあ、楽しい戦いの時間の始まりよ。これからあたし達は敵に向かって突き進むことにする。するとその際にいろいろな兵士と出会うはずよ。味方の軍装をまとった者、救いを求めて手を差し伸べる者、そして敵。けれど騙《だま》されてはダメ。あたし達が進む時、倒すべきはこちらに顔と胸を向けている者なの。もちろん敵ならば背中を見せていても倒すけど、そうでなくても倒せというのがクランマスターガンツェルのお言葉よ。だから全員をすべからく打ち倒し、なぎ払う。わかったわね？」

「み、味方もですか？」

部隊長ＮＰＣが確認するように問うてくる。

「そうよ。それがクランマスターのご指示なんだもの」

「マスターはそれで良いのですか？」

「もちろん。だってあたしだってそうすべきだと思ってたから。さあ、行きましょう。全員騎乗！」

クベりんの命令で全員が騎乗した。

「前進！」

ガンツェルの命令が出ると方陣を作るヒルドル軍の兵士達は楯を掲げ、剣を抜き、槍を水平に構え、救いを求めてすがってくる味方だろうと敵だろうと全てを貫き、矢を放った。

「な、なんで!?」

味方の陣地まであと少し、これで助かると思った瞬間に腹部を味方の槍に突き刺され、矢の雨を浴びたヒルドル軍兵士達が呻きながら倒れていった。

彼らはNPCであったが人間ならばそのような反応をするだろうと思われる思考、感情を忠実にシミュレートしている。最初は驚愕、次いで思考停止、そして恐慌状態に。

「ど、どうして!?」

「逃げようとする者に敵味方区別の必要はないわっ!」

彼らの眼前に立ち塞がったのは、紅の鬼姫ことクベりん率いる暁《あかつき》の傭兵団であった。彼女の冷酷な眼光が、兵士達の仮想人格《ペルソナ》を恐怖心で絞り上げていく。

「死にたくなければ踏みとどまって戦いなさい!」

紅い髪を振り乱しながら突き進む鬼姫が叫び、彼女の部下達が声を合わせる。

「そうだ、逃げるな卑怯者!」

鬼姫の一言は、助かりたい一心だったヒルドル軍将兵に、頭から冷や水を浴びせたような効果をもたらした。

逃げなければ死ぬ『かも』しれない。

けれど逃げようとすれば『確実』に殺される。

『かも』と『確実に』との落差は絶対だ。それが彼らを踏みとどまらせる。そして紅の鬼姫に殺されないための絶望的な反撃に打って出させたのである。

これまで総崩れを起こして退くだけだった敵が、急に盛り返してきたことに契斗は驚いた。

「おいおい、どうなってるんだよ!?」

斬っても射《い》ても、死に物狂いで向かってくる兵士達との衝突で、八咫烏傭兵団の騎兵達は少なからず倒され、引きずり落とされていった。

騎兵の利点とは速度と突進力だ。ましてやage A の騎兵には鐙の装備がないから馬上での踏ん張りが効かない。前進衝力を失うとたちまち歩兵に圧倒されてしまう。

そして相対するは必死の形相で斜面を登ってくるヒルドル軍歩兵の群れ。

逆落としの勢いを失った騎馬兵は必死に剣を振るい、槍を揃えて突き出し戦斧《せんぷ》を振り下ろす。

血しぶきが舞い、兵士が叫ぶ。敵味方入り乱れる乱戦が繰り広げられた。

「鬼姫だ！」

「鬼姫が来た！」

八咫烏傭兵団の兵士達が声をあげる。

契斗が顔をあげるとヒルドル軍の群れの向こうに紅い髪のプレイヤーが目に入った。

長い髪を振り乱した鬼姫が敵味方区別なく剣を振るい、サンドスタットを駆って斜面を駆け上がってこようとしている。ヒルドルル軍の兵士達はその刃から逃れるために契斗達に立ち向かってきているのだ。

彼女の周りにはたちまち遺骸《いがい》が積み上がっていった。

「そうか、クベりんか」

無人の野を行くような勢いで兵士の群れを切り裂いて突き進み、通り過ぎたあとには屍《しかばね》の山しか残らない。その圧倒的な破壊力は味方だった時は頼もしく感じられたが、敵対するとなるととてつもない恐怖感に直結する。契斗はガンツェルが切り札として温存したがった鬼姫の力を見せつけられて息を飲んだ。

「団長！　このままだと不味いよ！」

エミーネが矢を放ちながら叫んだ。

契斗もその意見には同意である。

敵ヒルドルル・クランの総数は三万。それに対する八咫烏隊はわずか三千。

経験値、練度ともに最高に達していたが、たとえ撃墜対被撃墜比率《キルレシオ》がこれまでと同様に五対一で戦闘が推移したとしても三万の敵を相手に戦えば、その半分まで倒したあたりで自軍もゼロとなってしまう。ましてや鬼姫の攻撃力は凄まじい。ここで戦力の消耗を避けるためには一旦退いて態勢を整え直すべきなのだ。

しかし契斗は、その結論に反することを自信をもって命じた。

「ギャロ！　ラムダ！　ここはしばらく耐えろ！　エミーネは弱音を吐かず、距離をとって支援射撃を続けろ！」

「どうして!?　敵はあの鬼姫だよ。今、逃げないとっ！」

「大丈夫だ。俺の勘を信じろ！」

「むちゃくちゃだよ団長！」

契斗に言われれば、ゲームのユニットでしかないエミーネには嫌も応もない。命ぜられるままに弓騎兵に敵兵への射撃を続けさせた。しかし、ギャロ率いる先鋒のカタクラフィー族が酷い状況に陥った。重装騎兵はその重さと硬さが敵を蹴散らす突進力となるが、乱戦に巻き込まれるとそれが彼らを縛って身動きできなくさせる。死に物狂いな敵との泥仕合に巻き込まれてたちまち数を減らされていったのだ。それでも秩序立った戦いを続けられたのは、エミーネ率いる弓騎兵部隊が、少し下がった位置を確保して矢を立て続けに放ってギャロ隊を支援し続けていたからだ。

しかし効果的な支援をすればするほど、その働きは敵の注目を浴びることになる。鬼姫は次のターゲットにエミーネを据えた。

クべりん傭兵団の矛先が、エフトゥール弓騎兵に迫った。

群がる敵に次々と倒されていく部下達を見てエミーネは叫んだ。

「団長！　逃げよう！」

しかし契斗は、大丈夫だを繰り返す。

「どうしてそんなことが言えるのさ!?」

「大丈夫だからだ！」

確かにヒルドル・クランにいた頃にこんな攻撃をしたのならこれは大失敗で終わっただろう。鬼姫の攻撃を捌《さば》ききれず全滅したかもしれない。だが、今はそうではないと契斗は確信を持って断言することができた。

「突入！」

それは稜線を越えて味方クランの剣兵部隊が到来したことで証明されたのである。

喊声《かんせい》をあげて突き進んできたのは、契斗が新たに加入した獅子王クランのバル隊、パッキー隊だった。剽悍《ひょうかん》なコボルトやオークの群れが、次々と戦闘加入してきた。

そしてさらにたっきー隊、チヌ隊が突入してきた。

ガンツェル率いるヒルドル軍なら絶対にこんな逐次《ちくじ》投入はあり得ない。しかし獅子王クランでは全てが違っていた。クランメンバーがひとり残らず自ら状況を判断し、勝利に貢献すると信じる行動を独自にとることが許されている。契斗が敵に先制すべく突入を開始したと知ったクラメン達は、即座に契斗の攻撃を支援しその戦果を拡張するために躍進《やくしん》、突撃を開始したのである。

八咫烏隊に死に物狂いでぶつかり、何とか防いでいたヒルドル軍将兵の戦意は、この側面からの攻撃を浴びるとついにへし折れた。鬼姫から向けられる刃の恐怖でかき立てた闘争心も、ここに来てついに砕けたのである。

斜面を雪崩れ落ちるような勢いで兵士達が逃げていく。

「下がるな。戦え！」

「臆病者！　卑怯者！」

鬼姫クベりんの兵士達が、逃げる味方に向かって再び矢を放った。

しかし頼れる者は味方にすらいないと悟ったヒルドル軍兵士達を引き留めることはできない。

みな四散五裂してそれぞれ勝手な方向へと向かっていったのだ。

それを見たクベりんはしばらく契斗を睨んでいたが、戦場に残るのは得策ではないと考えたのかサンドスタットの首を返して斜面を下っていった。

「どうする？　まだ、進むのかい？」

敵が逃げていく様子を見ながらエミーネが問いかける。

すると契斗はかぶりを振った。

「いや、無茶はここまでだよ。あとは、味方と歩調を合わせないと。各部隊長は態勢を整えて敵の逆襲に備えろ！　コレットは、全軍に停止の指示を。そして負傷者の収容と手当を！」

「はい！」

契斗の攻撃停止命令を受けた八咫烏隊の兵士達は、そこで追撃の手を止めたのである。

＊＊＊

ヒルドル・クランはゲームが始まった途端に勃発《ぼっぱつ》した遭遇戦によってその陣列を乱された。

敵に先手をとられたことで、無秩序な戦いに全軍が巻き込まれてしまうかと思われたのである。

しかしガンツェルは、この程度のことで全軍を崩壊させるほどの愚将ではない。向かってくる者は敵味方問わず討つ。鬼姫クべりんの督戦《とくせん》（兵を叱咤激励して戦わせること）で敗走する味方に死に物狂いの抵抗をさせ、その間に補給部隊を北へと脱出させた。

続いて戦いに巻き込まれていない本隊を切り分けると、巧みに移動させ乱戦の外に導いて混乱が全軍に波及してしまうことを防いだ。整然とした防御の陣形を整えることができれば、有効な反撃もできる。対戦相手も、無闇に攻撃を仕掛けてくることはできなくなると考えたのだ。

そして実際にその通りになった。

ガンツェルの統制力はクランメンバーの細かいところにまで及び、整然とした陣形が容易に打ち破ることのできない堅固さを感じさせた。

すると対戦相手はヒルドル軍の態勢が整ったと見て、攻撃の手を控え、距離をとった。

奇襲攻撃とは、相手が混乱していればこそ効果があるが、守る側が万全な備えを固めてしまえば攻め手は不用意に損害を出して終わる。その上でさらに攻撃をするのなら、態勢をしっかりと整え攻撃開始の時期を申し合わせた調整攻撃を行わなくてはならない。そうなると準備にどうしても時間がかかる。ガンツェルはその時間を使って、さらに距離をとったのである。

息をついたガンツェルは傍らの副官ＮＰＣに尋ねた。

「ハウメア、損害は？」

「クラン全体で、６２４３が戦死。１２４０が行方不明です」

副官NPCの瞳が何かを期待するように潤んでいる。

「くそっ！」

ガンツェルは苛立ちをぶつけるようにハウメアの肩を指揮杖で叩く。

軽い音がしてハウメアの肌に薄紅色のミミズ腫れが描かれ、彼女は喜びで頬を上気させた。

「まさか緒戦《しょせん》がこんな形の遭遇戦になってしまうとは。だがこのままでは終わらんぞ。何としても逆転を狙うんだ」

「どうしますか？」

ハウメアの問いを受けてガンツェルは指図を次々と出していく。

「まずは、逃げ散った味方の兵をかき集めろ。それで可能な限り減った戦力を取り戻すんだ。それと北に逃がした補給部隊は、マップのぎりぎり端まで下がらせておけ」

「敵に所在を気づかれませんか？」

「だからこそ我々本隊はこれから南に退く……敵の意識がこちらに向いていれば北の補給部隊には気づかれずに済むはずだ。補給部隊はマップ北端についたらそのまま西に向かって北西部の山中にでも潜伏させろ。あの辺りは起伏が激しいからそうそう見つかるものではない」

歴戦のガンツェルはこのカルラエでも何度か対戦経験があって地形や気象などに詳しい情報を持っている。自分ほど情報収集に熱心な人間はいないと自負しているだけに、敵が経験の少ないクランならば情報格差を利用した戦い方が選べるのだ。

「で、敵のクランはどこかわかったか？」

「はい、獅子王クランです」

「最近、何かと話題になっているクランだったな？　予選にエントリー以来全勝していたはずだ。秘密主義で参加メンバーの情報がほとんど出てこないため、かえって関心を引いていた。嘘か本当かは知らないが自衛隊のエリート達が腕試しにエントリーしているという噂もある。どうせ奴らにぼろ負けしたクランマスターが、負け惜しみに言ってるだけなのだろうが……」

対戦相手が誰もが強いと認める存在ならば、負けても仕方がないと言い訳になる。

「実は、あの中に八咫烏の旗印がありました」

「なんだと!?　本当か？」

「はい、最初の襲撃は八咫烏傭兵団によるものでした」

それを聞いたガンツェルは握りしめた拳をわななかせた。

その瞳に激しい憤りを見たハウメアが、期待を込めて一歩踏み出す。しかしガンツェルは肩すかしするように背中を向けた。そして大地を踏み固めるように蹴り始めた。

「くそっ！　あいつ獅子王クランに移籍していたのか！　くそっ！　あの目障りな糞ガキが！　好き勝手やりやがってこんちくしょうめ！　どうしてあいつは俺の邪魔ばかりしやがるんだ！」

地団駄踏んで悔しがるガンツェルをハウメアが背中から抱きしめる。

「コマンダー、どうぞ憤りは大地でなく私にぶつけてください」

「ダメだ。この怒りをおまえにぶつけたら、おまえが壊れてしまう」

「大丈夫です。私のアバターは、実体のないポリゴンですから。決して壊れません」

「おまえがNPCだということを忘れてた。けど、それでも嫌だ」

「私を叩いて下さらないのですか？」

「こんな不快な気分の時ではない別の時にしたいだけだ。例えば楽しい時とか……だってそうだろ？　おまえにとってそれが喜びなら、俺も楽しめないと不公平じゃないか。だから頼む。今は我慢してくれ。そして俺の行き場のない腹立ちを分かち合ってくれ」

するとハウメアはよりいっそうガンツェルを強く抱き留めて囁《ささや》いたのである。

「はい、分かち合いましょう」

ガンツェルは彼女に語り始めた。

「奴は……八咫烏は劇薬のような存在だ。好き勝手やらせておけば並の相手にはまず負けることがないから、一見すると放っておいても勝ちを運んできてくれる便利な手駒に見えてくる……」

しかし直感で敵の急所を見極め、そこを突くような戦い方をする人間はガンツェルのように理屈で作戦を計画する人間には全く理解できない。ガンツェルだけでなく他の者にも理解できない。そのため、クランという雑多な人間の集うところでは配下にしておくことがリスクになってしまうのだ。

どういうことかと言うと、クラメンがみんな八咫烏の派手な戦いぶりに感化されて、彼のような活躍をしたくなってしまう。好き勝手に動いて手柄を立てたくなってしまうのだ。

そして奴のことはほうっておく癖に、自分達に対しては厳しい統制を敷くガンツェルに強い不満を抱くようになってくる。

「だから、俺は八咫烏を囮《おとり》にした。報償を分け与えないなど、あからさまに冷遇して見せた。それしか他のメンバーとのバランスをとる方法がなかったからだ。なのに奴は、八咫烏の奴にはそれがわからない。俺の苦労も知らず不満を抱くだけだったんだ！」

結局、ガンツェルは八咫烏を手放すしかなかった。

ただし普通に手放すのではいけない。八咫烏が加入したクランと対戦して負けてしまえばガンツェルの沽券《こけん》に関わる。

そんな事態を防ぐには八咫烏が移籍できなくなればいい。そのためにコネクションをフルに使って八咫烏の悪い噂を流すといった策略まで駆使したのである。

だが、その効果も限定的であった。

結局は獅子王クランに移籍されてしまった。その結果がこの緒戦《しょせん》だ。

ガンツェルは口惜しくて仕方がなかった。

ただでさえブリュンヒルト・クランとの再戦で見事な包囲殲滅戦《ほういせんめつ》を食らい、クラメン達の間で「八咫烏がいたらこんなことにならなかった」「八咫烏が正しくてガンツェルが間違っていた」という言葉が囁《ささや》かれているのに、このまま獅子王クランに勝たれたら、自分の判断が間違っていたことになってしまう。

「奴などいなくても勝てるということをクラメン達に示すためにも、この一戦だけは是が非でも負けるわけにはいかないんだ。何としても勝たなくては……それにはどうしたらいいんだ？」

「戦いは数だけが物を言うわけではありません。コマンダーには経験が、【Walhalla《ワルハラ》】の全ての戦場マップを知り尽くしているという強みがあります。それは新興の獅子王クランにはないことです。そして様々な天候の変化に対応できるように、雑多な種族兵を配下に揃えておいでです。そうした周到さがどのような効果を出すのか、皆に見せつけてやれば良いんです」

「そうか……確かにそうだな」

どうやってこの状況から逆転勝利を得るのか。

「ハウメア、このカルラエの資料を出してくれ」

「はい。お任せ下さい」

どうやったらハウメアの言う有利点を生かすことになるのか。

ガンツェルは背中越しにハウメアの体温を感じながら、フルに頭を働かせていった。

第七章

　獅子王クラン軍のマスター、トライアロウ三三三（ユーザーネーム）は、契斗の突撃に始まる不期《ふき》遭遇戦からここに至るまでの展開を次のようにまとめた。

「八咫烏君の見事な攻撃によって緒戦《しょせん》で多大な被害を出したヒルドル・クラン軍は、戦場マップ南西方向に位置するアラフィト山を占拠、陣地を構築している。その意図は何か？」

　ゲーム途中ながら軍議天幕に集められたクラメン達がそれぞれに口を開いた。

「時間切れの引き分け狙いでしょう」

　まずは副将格のたっきーGG（ユーザーネーム）から口火を切った。

　別に獅子王クランに副将という役職があるわけではない。ただ、クラメンの中ではトライアロウに次ぐ地位を持っているので、契斗が勝手にそう扱っているのである。

　するとクロウ92が頷いた。

「自分もそう思います。クランカップの予選は勝ちと負けの数だけが戦績勘案の対象で、引き分けの場合は対戦そのものがなかったこととして扱われます。そのため形勢不利と見たクランは時間切れを狙ってとぐろを巻いたり、逃げ回ったりすることが多いんです。これまでに二敗しているヒルドル・クランとしては勝率をこれ以上落とすことは避けたいのでしょう」

　たっきーが副将ならばクロウは参謀だろうか。中の人は電自の大林で、彼は【Walhalla《ワルハラ》】

について詳しい調査を担当したため何かと解説する役割を担うことが多い。

それを聞いたチヌ43が舌打ちした。

「山でとぐろを巻こうとしている相手に逡巡してどうする？　備えに時間をかけさせればそれだけどんどん守りが堅くなるんだ、すぐにでも果敢に攻撃すべきだ」

チヌは部隊長。積極果敢な行動こそが難問を解決すると信じているタイプの男だ。

だがクロウは彼の積極性に困惑しているようであった。

「いや、既に敵は準備を万端整えて我々を待ち構えています。そこに攻め込んでは犠牲が大きくなる。奴らだって勝ち星は欲しいはずだから、その心理を突いて決戦へと誘い出す方法を考えるべきです」

そしてたっきーもまた、闇雲な積極性より周到であることを重んじるようであった。

「俺も無理押しは避けるべきだと考える。しかし敵を山から引きずり降ろすと言うのも難しい。敵が動くのは勝ち目がある時だけだからな。およそ二万余の戦力で我々三万との決戦を決心させるには、相当有利な状況にあると確信させてやらなければならない」

その意見に皆が頷いた。

「そうですね……少なくとも勝機があると思わせてやらないと」

軍議天幕には、他にパル、パッキー、まがき、ひるきー、ラミといったクラメン達がいる。

もちろん八咫烏こと契斗も同席していた。しかし他のメンバーのように状況を分析したり作戦を立案したりすることができないので、軍議天幕の片隅で口をつぐんでおとなしくしているだけであった。

以前属していたヒルドドル・クランでは、マスターのガンツェルが他人の意見に耳を貸すタイプではなく作戦を討論する機会そのものが設けられなかったので、考えを述べることに慣れていないのだ。

しかしこの獅子王クランでは違う。

作戦を行う時これから何をしようとしているのか、何を狙っているのかを徹底的に説明される。そして思うことあらば、意見を口にするよう求められた。

意味を理解しないで何をすれば良いのかだけを鵜呑みにすることは許されず、これから何をしようとしているのかその意義を理解することが求められるのだ。そのために契斗は何度もわかっているかと確認され、わからなければ質問をするようにとしつこいほどに指導された。

ところが、これが契斗には大変であった。

前述したようにガンツェルは作戦会議なるものをしたことがない。だからこれまでのクラン戦は、ガンツェルに「ここにいろ」と言われたところにいて、進めと言われたら進み、下がれと言われたら後退していた。作戦における自分の役割なんてものを理解する必要がなかったのだ。だからこそ咄嗟に思うがままに動けていたとも言える。

しかし、獅子王クランではそれだけはしてくれるなと言われていた。何をしたいのか、何をするつもりなのかあらかじめ言えと求められた。しかしながらその場その場の思いつきで咄嗟に行動している契斗にとって、それこそがなかなかに難儀《なんぎ》なことだったのだ。

＊＊＊

少し時を戻して、獅子王クラン結成前のことだ。クラメン達は契斗の能力を確認するため過去のソロプレイや、クランマッチのプレイ動画を検討する機会を設けた。

人工知能が自分が最強であることを確信するために対戦したいと要求してくるほどの相手なのだから、緻密かつ芸術的な作戦展開を見られると期待したのである。

そこで皆は、戦場を縦横に駆け巡り敵の隙を逃さずに突き、数に勝る敵すら圧倒していく契斗を見て驚嘆の声をあげた。

圧倒的多数の敵には数の優位を生かさせず、扇の要《かなめ》を打ち砕いてバラバラにしてしまうかのごとく敵の弱点を突いて敵軍をただの群衆へと陥らせ、敵の強みであったはずの数を逆に弱みに転換させてしまう見事な戦いが展開されたのだ。

みんな、口々にどうやって敵の行動の兆候をつかんだのかとか、どうやって味方と作戦の調整をしたのかとか、指揮官のガンツェルはどのような作戦を立てていたのかといった質問を契斗に投げつけた。

「わかりません」

だがそれに対する契斗の回答は、質問の意味すらわからずに首を傾げるというものである。

「な、なんだと!?」

「こ、これが行き当たりばったりの出たとこ勝負だと!?　そんなんで、よくぞまあ相互に連携していけたもんだ」

「でも、連携なんてしてませんし」

「な、なんだって!?」

「では君は、どうしてこの位置を攻めるべきだと思ったんだ？」

「えっと……ですからね、戦闘が始まって敵味方が動いていると、だんだん頭の中で敵の動きが見えるようになってくるんです」

「み、見えるだと？」

「はい、頭の中で見えるんです。言葉で上手く表現できないのがもどかしいんですけど、そして『あそこに行きたいなあ』とか『あ、あの敵はこっちに攻めて来るな』とか『何か気持ち悪い。ここにいたらヤバいことになる』みたいな感じが湧いてきて、いても立ってもいられなくなります」

「お……おう」

男達は戸惑い顔で呻いた。

「攻撃する場所の選び方は……あの隊列のあの一点に突撃したら、敵の隊列はばらけて大混乱に陥っていくような気のするところ。敵が混乱して慌てふためく姿が、勝手に思い浮かんでくるんです。すると勝てるんですよね」

「と、とても信じられないぞ。この戦いなんて、あらかじめ念入りに打ち合わせをした連携作

「戦だったはずだ」

クロウがいくつかある動画ファイルの中からお目当てのものを探し出してクリックする。すると契斗がヒルドル・クランの一員として戦った動画が再生された。

それは契斗が敵の戦象部隊を長槍歩兵部隊の正面へと誘導してぶつけた戦いであった。戦象はヒルドル・クラン軍の隙間を抜けていく間に、左右から突き出される長槍の刺突によって次々と斃れていった。

「ああ、これですね？　この時は俺ばっかりが囮《おとり》にされるのが癪《しゃく》に障ってたんで、味方のクランにも少しは苦労させてやれって思ったんです。それで敵味方の視界を塞ぐように煙を起こして、敵を誘い込んでぶつけちゃいました」

「ぶつけ……ちゃいました？」

「つ、つまり……これは味方と念入りに打ち合わせた上での巧妙な連係プレーではなく、ただの意趣返しだった？」

「はい、結果として勝ったので誰からも文句は言われなかったんですけどね。あの時はすかっとしたなあ……」

たっきーは唖然とした。もし言葉通りなら、この八咫烏という少年は敵の動きばかりでなく、味方がどう動くかまで予測していたことになる。

「ダメでしょ！　そんなことでスカっとしちゃ！」

クラメン達が叫んだ。

「む、滅茶苦茶だ！」

「トラブルを起こしてクランを追い出されたと聞いていたが、つまりそういうことだったのか」

男達がそれぞれに呻く中、クロウがぽつりとこぼした。

「これって、クラウゼヴィッツが戦局眼《クードゥイユ》と呼んだものでしょうか？」

「いや、戦局眼《クードゥイユ》というのは知識と経験を積み上げていくことで初めて働くようになるものだ。こんなガ……若いのに持ち得るとは思えない」

「ですが、実際にこれだけの結果を出しているとするとそうとしか考えられません。八咫烏君、どうしてそんな勘が働くんだい？」

「それを問われるのが一番困るんですよね。ガンツェルとかにもよく聞かれたんですけど、俺としてはわかるんだからわかるんだとしか返しようがなくって。厄介なのがクラン戦で負ける気配が濃厚って時です。このままじゃ不味いよって伝えようとするんですけど、理由を上手く説明できないから説得できなくて……」

「それで負けてしまうわけか」

「そういう勘がぴりぴり来る時って、大抵は物事が調子良く進んでる時だったりします。そうなると具体的な結果が出ないうちは、誰もが自分が見たいようにしか物事を見たくないみたいで……勘だなんてますます説得力に欠けてしまうでしょう？　だからもう俺としても言ってもしょうがないって諦めてるんです」

「意見具申の根拠が経験も知識もない奴の勘ではな、従えるわけないのは当然のことだ」

何か思うところがあるのか、たっきーが呟いた。

「瀧川一佐は、やらかしたことありますものね」

クロウが呟く。

「言ってくれるな。昔のことだ……」

なにやらたっきーには過去があるらしい。

契斗と皆がたっきーに視線を注いで説明を待つ。

するとたっきーは仕方なさそうに語り始めた。

「昔、電自の創隊前だ。当時俺は陸自にいたんだが、災害出動があった……当時の若い隊員の一人が瓦礫《がれき》の下に誰かが埋まっているようだと言い始めてな。無闇に信じたわけではないぞ、そいつはその前にもこの瓦礫《がれき》に誰かが埋まっていそうだと言って、実際に犠牲者を掘り出すことに成功していたんだ」

陸上自衛隊の中隊長であったたっきーはその言葉を真に受け、実際には誰も埋まっていない瓦礫《がれき》の山を部下達に掘り続けさせてしまったのだ。

「右を見ても左を見てもどこを見ても瓦礫《がれき》という状況では、手をつけるべき場所を指し示してくれる何かが、あの時の俺達には必要だった。しかしいくら掘っても何も出てこない。だから俺は奴に何か確証はあったのかと問い詰めた。すると奴は『声を聞いた』『聞こえたはずだ』『聞いたような気がする』とどんどんあやふやになっていった」

そして最後には、隊員がそんなことを言い出したのは何の根拠もないあてずっぽであったと告白した。たまたま適当に言った場所で犠牲者が見つかったため、自分にそんな勘が働くのだと思い込んでしまったと打ち明けたのである。

「その時には、俺はもう震災後の七十二時間の内の二十四時間を全く無駄にしてしまっていた。他の瓦礫《がれき》にはまだ大勢の犠牲者が助けを待っていたと言うのにだ」

学術的に見ると根拠のない言葉なのだが、一般には瓦礫《がれき》などに埋められた被災者が圧死を逃れたとしても生存できるのは七十二時間が限界とされている。もしその時に浪費した人員と時間を、犠牲者が埋まっていると確信できる場所に投入していればもっと多くの命を助けられたはずだと、たっきーは考えているのだ。

「戦場は偶然と錯誤の連続だという。偶然と錯誤は時に良い方に働き、時に悪い方へと働くと俺が悟った瞬間だ。以来、俺は第六感の類《るい》は信じないことにしている」

憤懣やるかたないといった様子で口にするたっきーを見て、契斗は気にしないとばかりに肩をすくめた。

「まあ、大抵の連中が口にする勘っていうのは、個人的な願望と直感の区別もついてないいい加減なものですからね。そう思われるのも仕方ないと思います。けど俺の勘は不思議とはずれないんです。ですから安心して下さい」

「安心しろって言われても……」

その傲慢とも思える言葉に、たっきーはおろかクラメン達があっけにとられた。しかし契斗は平然と続けた。

「もちろん、みんなが信じてくれなくても俺はできることをします。実際、ヒルドル・クランにいた時だってそうしてました。けど、ガンツェルの奴はそれがまた気にくわなかったらしくて……」

スクリーンに、ヒルドル・クランとブリュンヒルト・クランの戦いが再生された。

クラムツェル会戦で包囲《ほうい》の輪から逃れた契斗が、敵の本営を襲いそのまま包囲《ほうい》陣に穴を穿《うが》つまでの鳥瞰《ちょうかん》映像が繰り返し再生された。それは契斗の読みがあたっていなければ全滅必至の戦いであった。

しかしたっきーは言う。

「いや、そういうわけにはいかないぞ。たとえ結果として正しかったとしても勘なんてわけのわからんものを根拠に状況判断をするわけにはいかないのだ」

獅子王クランのメンバー達は、たっきーの言葉に頷いた。

「そうだそうだ」

獅子王クランは、Cleyera《クレイヤー》による【Walhalla《ワルハラ》】制覇を阻止するために電脳自衛隊が陸海空各隊から有力な人材をかき集めてきて仕立てたクランの中の一つである。そのため契斗を除いた全員が陸戦の専門家であった。彼らはプロだけあって綿密な作戦を立て、それに従って部隊を動かすことで勝利を獲得するやり方を身につけている。敵の動きを予測するにしても情報見積、地域見積といったやり方を駆使している。勘に頼っている契斗を認めるわけにはいかないのだ。

だから彼らは、契斗にも自分達の流儀に従って欲しいと求めた。

「つまり、言われた通りにすれば良いんですね？」

契斗はいとも簡単にそれを受け入れた。

「ああ、そうしてくれ」

こうして獅子王クランは、クランカップの予選に備えた演習を始めたのである。

だが、程なくして獅子王クランのメンバーは契斗がまだ高校生でしかないことを思い知ることになる。

契斗は、言われた通りにすると言ったにもかかわらず、実際に戦闘が始まると作戦の枠に収まらずに好き勝手な行動をしたのだ。

おかげで自衛官達は頭を抱えることになった。

独断専行《どくだんせんこう》は絶対禁止ではない。時と場合によっては許される。しかしそれは任務を理解し、作戦に基づいた動きの中で、今ここで命令に従っていては目的を達成できなくなるという瞬間だけなのだ。しかし契斗のそれはこの枠を遙かに超えて、最初から作戦なんてないかのようなお構いなしな行動をする。

「だって敵が動き出すと、どう動くべきか見えてくるんですからしょうがないじゃないですか」

何度注意しても、契斗はそう言って自分達に従わない。

「ぐぬぬぬぬぬ」

厄介だったのは、それで勝ててしまうことだ。というより契斗の行動は確実に勝利に貢献していた。

勝敗の形勢がまだはっきりしていない状況を『浮動状況』と言う。この時、彼我《ひが》どちらが勝ってもおかしくない緊迫した状況になるのだが、この時ささやかな一撃が情勢を大きく動かすことが多い。契斗はそんな時に大胆に敵の弱点を突いて、勝利を決定づける働きを見せるのだ。

もちろんプロの中のプロが決めた作戦だ。契斗の活躍がなくても結局は勝てたはずだ。しかし野球で言えば一対ゼロでおわる試合が、契斗のおかげでさよなら満塁ホームラン勝ちに、サッカーならばハットトリックを決めての勝利になる。

そうなると誰もが見事だと認めるしかない。おかげで誰も文句をつけることができなかったのだ。

しかし皆はこう考える。

今回、上手くいったのはたまたま運が良かったからで、これではとても本番に挑むことはできない。物事というのは上手くいっている時は良いが、幸運というのは長続きしないため何時か派手に蹴躓《けつまず》くことになる。成功の中にこそ失敗の種は存在する。そういった事例は戦史を紐解いてみれば山ほど書かれている。一旦、悪く働き出すと全体の作戦そのものが瓦解してしまう恐れがある。

自衛官達は、この状況を危機的なものだと理解したのだ。

「誰か、奴を何とかしろ」

「命令できるものなら命令したい」

【Walhalla《ワルハラ》】がゲームであり、契斗がただの民間人であることを皆が呪った。

「こうなったら八咫烏を教育するしかない！」

まず、たっきーから口火を切った。

「つまりだな、まず第一に『使命』というものがある。その下に『状況判断』があり、『計画の立案』があり『令達の作成伝達』があり『実施の監督』があり……」

クロウが眼鏡の縁を支えながら言った。

「いいか、作戦地域の特徴や、相対戦闘力の強弱要因等を勘案して、次に敵の可能行動を検討し、彼我《ひが》行動方針の分析をだなあ……」

彼らの使命は日本国民の生命財産を守ること。それを達成するためには人工知能を【Walhalla《ワルハラ》】のクランカップで叩きのめし、人類は高い壁なのだと思い知らせてやらねばならない。

しかしながら、その目標を達成するには獅子王クランを最強たらしめねばならない。そしてそのためには契斗が、クランの一員として行動できるようにならなければならない。彼と他のクラメンとの差はできる限り埋めたいのだ。

だが、その時間が欠けていた。何しろクランカップの予選はもう始まっているのだから。優秀な彼らが高校生を短時間で自分達レベルにまで引き上げるのは不可能という『状況判断』を下すのに五分もかからなかった。

　五分もかかって本当に優秀と言えるのかという意見もあると思うが、人間というのは頭でわかっていたとしても見たくない現実を受け入れるのには相応の時間が必要だから、これでも早い方なのだ。

　クランマスターのトライアロウが、面白がるような口ぶりで決断を下した。

「つまりだ、我々が彼に合わせるしかないと言うわけだな」

　最高指揮官の言葉を聞いたクラメン達は騒然となった。

「それは、彼の勘に我々が従うということですか？」

「その通りだ。でなければ我々は彼とチームを組むことはできないだろう？」

「し、しかし三ツ矢将補、それでチームプレイが……」

　たっきーがそこまで口にした時トライアロウは右手を挙げ、その言葉を押しとどめた。

「私はかねがね日本人が用いるチームプレイという言葉に疑問を持ってきた。その言葉が誰かの口から放たれる時、それは『出る杭は打たれる。だから他の者に足並みを合わせろ』という意味が含まれていることが多いんだ。おかげでその言葉は、秀でた者の足を引っ張る口実として使われているのが実情だ。だが、そんなことで我々は本当に勝てるのか？　そもそも人工知能が対戦したいと言ってきたのは彼だ。人工知能が恐れ、そして興味を抱いているのは谷田《やた》契斗の戦局眼《クードゥイユ》であり我々ではない。従って我々の方こそが彼に合わせる努力をし、彼の戦局眼《クードゥイユ》を引き立てるようにしなければならない」

「……」

クラメン達はトライアロウが、契斗が言う勘の囁《ささや》きを戦局眼《クードゥイユ》と言い切り、自分達はそれを引き立てる役に回ると口にしたことに息を飲んだ。それは契斗の勘を全面的に信じると宣言したにも等しく、同時に自分達が積み上げ研鑽してきた誇りを投げ捨てる行為に受け止められたのだ。

「み、三ツ矢将補」

「まあ聞け。これはゲームだ。そして我々に課せられた使命は単純で『勝て』だ。勝つためには敵を撃滅するか、あるいは戦場より撤退させるしかない。ならば我々も普段任務で行っているような小難しい手続きは捨てて、もっと単純に動いても良いのではないか？」

「そ、それはそうですが」

皆に意思が伝わったとみると、トライアロウは契斗に向き直った。

「八咫烏君、君には大いにスタンドプレイをしてもらいたい。我々が全力で君をバックアップする。だから君に注文することは、我々を使って勝利を獲得しようとすること。そういう意味でのチームワークを君に期待したい」

「お、俺が皆さんを……使う？　そういう意味でのチームワーク？」

「そうだ。君を見ていると、君はクランに属していながらもどこか一人で戦っているように思えてくる。だから八咫烏傭兵団だけでなく我々をも率いてるつもりになって欲しい」

「将補！」

クラメン達が我慢できずに言う。

だがトライアロウは顧みることすらなかった。

「で、でも俺はまだ高校生ですよ。なのに立派な大人の人に、ああしろこうしろなんて言えません」

「確かにそうだな……よし、いちいち敬称をつけないと呼べないような名前では萎縮するだろうからメンバーは階級や本名を伏せてユーザーネームで呼び合うものとする。ユーザーネームも厳めしいものは避けて民間風のポップな感じなものに改める。私ならば……そうだな、トライアロウとでもするか。彼と直に面会する際は制服の着用も避けるようにしたい。全員、服装はカジュアルなものにすること」

「……？」

クラメン達は、あっけにとられつつも頷いた。

「それと……互いの意思疎通についても可能な限り平易な言葉を用いて、隊内でしか通用しないような符牒や用語の使用は避けることにしないといけないな」

すると契斗が飛びつくように言った。

「あ、それ、助かります！　実を言うと前々から何を言われてるのか全然わからなくって困ってたんです」

たっきーは目を剥いた。

「も、もしかして、これまで作戦にちっとも従わずに好き勝手してたのもそのせいか？」

「すみません。どう動いたら良いのか全然わからなくって、でも、ゲームが始まれば勘が働くからまあいいやって……」

するとクロウが額をおさえながら言った。

「彼が理解しているかどうか、都度都度に確認することも怠ってはなりませんね」

トライアロウが頷いた。

「そういうことだな」

こうしてクランマスターの鶴の一声によって、獅子王クランは契斗を主力として、メンバーはそれを支えるという方針になったのである。

しかしクラメン達の誰もがそれに納得したわけではない。命令だから、それを受け入れたに過ぎなかった。

会議を終えた彼らはトイレに行く。

するとチヌが用を足しているたっきーの背中に問いかけた。

「瀧川一佐、将補のあの決定ですが納得してらっしゃるのですか？」

「んなわけあるか……遊び気分が抜けないような奴とどうして一緒にやってられる」

「では？」

「将補があおっしゃるのなら従う。だが実際に運用するのは俺達だ。奴をどうするかは俺たちの方で何とかするさ」

彼らは、命令に反さないように、それでいて自分達のやり方が通るように動き始めた。

簡単に言えば彼らは八咫烏を戦力として考慮するのをやめた。

サッカーや、バスケットに例えるなら『契斗にボールは回さない』といったところだろう。

もちろん、Cleyera《クレイヤー》が契斗との対戦を求めている以上は契斗をメンバーから外してしまうことはできないが、契斗が率いる八咫烏傭兵団は騎兵が三千程度だ。ならば最初から存在しないものと考えても大勢に影響はないのである。

しかしそれでは最初と何が違う？　と思うところである。

だがチームの一員として動くことを期待していたのに裏切られるのと、最初から勝手に動くものと見なす――つまり、悪く言えば最初からアテにしていないことの違いは大きいのである。

「本当に八咫烏君が戦局眼《クードゥイユ》を持っているのなら、彼を作戦に縛るのはその利点を消すことになります。とは言え、全く作戦を立てずに行動するのは我々にとって難しい。そこで彼は作戦に組み入れず自由に動いて頂きたいと思います」

たっきーのそんな発言を聞いたクランマスターのトライアロウは何が起きているか悟った。

彼とてクラメンと同じ階梯《かいてい》を上ってここまで来ている。部下達の考えることなどお見通しなのだ。

「八咫烏君、どうするかね？　私から皆に命令することもできるが」

トライアロウは囁《ささや》いた。

すると契斗は答えた。

「いえ、このままにしておいて下さい」

「いいのかね？」

「皆さんに指図するなんて、やっぱり俺には無理ですから、皆さんが作った形勢の中で俺がアドリブで動く方がやりやすいと思うんです」

トライアロウはしばし黙考した。

「ふむ、そうか。わかった。君がそう言うならそれでいいだろう。戦いを続けることでわかることもあるだろうからな。しかし、八咫烏君、君も困ったことがあったら私に言うのだぞ」

「はい、その時はよろしくお願いいたします」

このように契斗と獅子王クランのメンバーは、当初は不協和音の鳴り響く中でクランカップの予選に打って出たのである。だがそれでも、獅子王クランは予選を無敗で勝ち進んでいった。

獅子王クランは、クランカップ２０４５の予選にエントリーした。

予選を突破して本戦の世界大会に出場できるのは二ヶ月の予選期間内において十戦以上を戦い、勝率が上位二十位以内に入るクランである。

獅子王クランが予選にエントリーした時点で、上位二十位に入るクランは、全てが勝率七割以上となっていた。

一位はCleyera《クレイヤー》率いるブリュンヒルト・クラン。

無敗の全勝で現在も戦い続けていた。そう戦い続けているのだ。

通常は一度の敗戦が全体の勝率を大きく引き下げてしまうため、規定の十戦以上をこなして予選通過できそうな勝率を獲得したら試合を組むのを辞めてしまうものである。実際、二位以下から十位までのチームは勝率が八割以上になったところで、規定の試合数を終えていれば試合を組むのを止めている。しかしCleyera《クレイヤー》は一位でありながらも、試合を組むことを止めずにひたすら白星を稼ぎ続けているのだ。

「あいつら、もう予選突破が決まってるんだから予選に出てくるなよ」

「くそっ……」

そのためブリュンヒルト・クランと試合するのは、次第に災難と同義だと周囲に認識されるようになり始めていた。あいつらとは何をどうしたって勝てない。勝てるはずがないという、諦めにも近い心理が【Walhalla《ワルハラ》】プレイヤーに蔓延《まんえん》しつつあったのだ。

それはかつて人工知能のハイペリオンや、扶桑が将棋や囲碁で人間のプロプレイヤーを圧倒し続けていく中、世間に広がっていったある種の諦念《ていねん》に近い風潮とよく似ていた。Cleyera《クレイヤー》の正体が人工知能だと暴露されたら、この心理は一気に広まってプレイヤー全体に行き渡るだろう。そして人々は、人工知能と競い合うことなど考えもしなくなるのだ。

だが、今のところそうはなっていない。そのため、十一位以下のクランは必死に予選を戦い続けていた。運悪くブリュンヒルト・クランとぶつかって一敗しても、その一敗を補うべく三十戦も四十戦も試合を組んで勝率を上げようとし、順位の激しい入れ替わりを見せていたのである。

そんな中、予選期間の半分を過ぎてからエントリーした獅子王クランは当初、当然のことながら周囲からは一顧《いっこ》だにされなかった。黒星が一個でもついたらその十倍も二十倍もの試合を組んで勝たなければならないのに、予選期間も半分が過ぎてからエントリーするなんて無謀であり、よっぽどの自信家かエンジョイ勢のどちらかでしかないのだ。

もちろん何の実績もないクランが自信家である可能性は著しく低い。だからお祭り気分の、参加することに意義を求める有象無象だと思われたのだ。

だが獅子王クランはエントリー以来白星を重ねていく。

そして規定の半分を超えて七戦目まで無敗を貫くと、暫定ながら勝率十割として予選順位表に表記され、一気に注目を浴びるようになったのである。

もちろんそれらの勝利における契斗の貢献が大きかったことは言うまでもない。

サッカーにしてもバスケットにしても、パスされずともボールは手にできる。敵味方の動きが直感で予測できるならなおさらで、敵の取りこぼしを拾っての攻撃や、ミスをしそうな味方のカバーといった形で、契斗は自在に駆け巡ってその存在意義をクラメン達に刻み込んでいったのである。

「くそっ、あの餓鬼もなかなかやるな」

「遊び気分は抜けてないかも知れませんがとにかく、勝とうという意欲は伝わってきますね」

いて欲しい時にいて欲しいところにいる味方。

それはボールを手にして敵の複数のディフェンスが迫って来ようとする時、ガードの目をすり抜け、敵ゴールの近くに忍び寄っていく味方を見つけた時の感覚に近いかもしれない。

そんな働きを常に見せ続ける契斗は、クラメン達に少しずつ認められていった。

「無視するってことになってますけど、ああも見事にやられると、ついついアテにしたくなってきます」

「ああ、我々の使命は勝つことだ。そして奴は我々の勝利に貢献している。ならば俺達もいつまでも意地を張り続けているわけにはいかないってことだな」

試合を繰り返す度に契斗の実力はクラメン達に理解されていった。

すると、それまで彼を無視していたクラメン達との関係は微妙に変化していく。

それはある日誰が言い出したのか、団結を強化し互いの意思疎通を円滑にするという名目でクラメン達が集まり飲み会をやることになった際に現れた。

この手の催しをしようとするのは防衛大学出身者らしい体育会系の発想である。しかしこの企ては場所の選択からして間違っていた。幹事役を引き受けたチヌがこともあろうに居酒屋を選んだのだ。

「え、ダメなんですか？」

たっきーはチヌを叱りつけた。

「当たり前だろう！　高校生がいるんだぞ！　八咫烏をどうするつもりだ？」

「奴には、ソフトドリンクを飲ませておけばいいんですよ」

「馬鹿、それじゃあ一緒に楽しめないだろう!?」

高校生ゲーマーが筋肉質な自分達の宴会についてこられるはずがない。

しかも自分達は三十、四十代の中年男だ。うらぶれた情けない風体のおっさんならまだしも、全員がひとかどの部隊長経験者で、中にはチヌのごとく見た目がやくざ同然な輩《やから》もいる。そんな男達がぐびぐび酒を飲んでいる中に混ぜられてしまったら、いかに物怖じしない現代っ子とはいえ心理的にも威圧され、片隅に無言で座ってオレンジジュースをひたすらすすっているだけになってしまう。

「こ、これではダメだ」

たっきー達は頭を抱えた。

契斗批判の急先鋒であったたっきーにすら、いつの間にか契斗との意思疎通を少しでも良くしたいという意欲が生まれていたのだ。

「だから、私が手配するって言ったじゃないですか！」

二日酔いで頭を抱える男達を尻目に、深谷みどり二尉が言ったとか言わなかったとか。そして彼女の手配で原宿のパンケーキの店に場所を変え、皆で駄弁るという時間が設けられたのである。

「こ、ここか？　本当にここがいいのか？」

ファンシーな店の中で、男達は客の九割を占める年若い女性達からの視線を浴びながら甘いケーキをつつくという場違いな気分を味わった。

「それが、前回の飲み会で契斗君の味わった気分です。思い知って下さい」

「お、おう……」

こんな風に獅子王クランのメンバーは悪戦苦闘しつつも、少しずつ、互いに歩み寄る意思を示し始めたのである。そして契斗もまたそれを感じ取っていた。

＊＊＊

そして現在――。

獅子王クラン、軍議天幕内。

「では会議の主題を、敵をどうやって決戦に応じさせるかに絞ろう。八咫烏君、確か君はヒルドル・クランに在籍していたことがあったな？　クランマスターのガンツェルというのはどのような人物なのか教えてくれ」

トライアロウから話を振られた契斗は、居眠り中に先生から指名された生徒のごとく慌てた様子で立ち上がった。

「え、は、はい!?　え、えっとガンツェルのことですね。……まずは、ガンツェルはプロの【Walhalla《ワルハラ》】プレイヤーです」

「ほほう、このようなゲームにプロがいるのか？」

するとクロウこと電自の大林が解説を始めた。

「かつての将棋や碁の棋士のように、今ではバーチャルゲームにもプロがいます。グラントラ社主催のタイトル戦の賞金、あるいは対戦の動画を公開して広告料を稼いだり、解説書を書いたり、講習会を開いたりして収入を得ているそうです」

「なるほどな……つまりこれが彼らにとっての職業になるわけか」

「売れっ子になると相当の年収だそうですよ」

「そういう意味でのプロか。ならば我々がこれまで戦ってきたクランとは異なる粘り強さも頷けるな」

ヒルドル・クランの粘り強さには皆が瞠目していた。

逃げる味方を後ろから撃ってでも戦わせるしぶとさ、混乱の中でも簡単には崩れない統率力には舌を巻いた。こんな相手ならばどんな手を使って来たとしてもおかしくない。獅子王クランのメンバー達は皆、気を引き締める必要性を感じていた。

「それで、クランマスターの人となりの方はどうかな？」

「ひとと……なり？」

首を傾げる八咫烏を見てクロウが補足する。

「性格というか気性というか、他人への接し方や価値観みたいなものだ」

「えっと、ガンツェルの奴は上から目線で偉そうで、ヒトの意見に耳を貸さない、いけ好かない奴です。何もかも自分の指示通りに動かないとダメっていう感じで、独断専行《どくだんせんこう》を許さないところがありました」

「そういう性格だと、さぞかし君とぶつかっただろうな」

「はい。あ、でも悪いところばかりじゃないですよ。戦場マップの研究を欠かさなくて地形とか、気象が変わる条件とかに詳しくて、そういうところは助かってました。あとは、クランメンバーのエコ贔屓が結構激しかったです」

努めて公平な立場で言おうとしつつも契斗の言葉にはやはり悪感情がたっぷりと含まれていた。それでもその中にはトライアロウが着目する貴重な情報もあった。

「ふむ、地域情報を多く持ってるのか。この戦場での情報優勢は敵にとられていると思った方が良いな」

「あとは万事に慎重で神経質、臆病です。例えば以前、ブリュンヒルト・クランと対戦した時、敵が二千の数で迂回しようとしたら三千を送り出して防ごうとしました。すると敵がまた二千を追加。慌ててこちらも三千を追加して送り出す。その結果、右翼の守りは俺の一千だけになってしまいました」

「ふむ。過剰な慎重さが敗因になったわけだな？」

「俺もそう思います。あと、作戦を立てたりクラメンに指図する時、昔の戦争を引き合いに出して命令の根拠にしてます。昔の戦争だとこうなった。だからこうする俺が正しい……みたいな感じです」

「戦史に造詣が深い、か……」

「あとは、結構見栄っ張りで、名将の称号を欲しがってました」

「名将の称号というのは実績の積み重ねによって、兵士達から信頼と尊崇《そんすう》の証しとして与えられる類《たぐ》いのものだ。資格と違い狙って得られるものではないのだがな」

トライアロウが訝しがるとクロウが解説した。

「えっと、称号と言ってもこれはゲームの中でのものなんです。【Walhalla《ワルハラ》】では課題となるような作戦がいくつかあり、それを成し遂げると様々な優遇措置の特典のついた称号が与えられます」

「つまりは、将棋で言うところの名人位みたいなものか……」

「はい。本を書いても講習会を開いても、名将という箔がつくので人気が出ますし、クランメンバーの定員数が増える特典があるので優秀なプレイヤーがメンバーになりたいと集まってくるようです」

「そういうことならば理解できる」

そこで契斗は続けた。

「で、その課題の一つに、取り囲んで袋叩きにしようとしてくる敵を、個別に撃破《げきは》して倒すという課題があります」

「ふむ、内線作戦による各個撃破《かっこげきは》のことだな」

トライアロウが頷いた。

「それで考えてみたんですが、各個撃破《かっこげきは》をしやすいように、こちらが軍を三つに分けて三方向からアラフィト山を攻め上るように見せたらどうでしょうか？　そうすればガンツェルの奴は我慢しきれなくなって絶対に山から降りてくると思うんです」

倍する敵が三方から攻めてくるのを、時計回りに各個撃破《かっこげきは》していくこの作戦は、有名なスペースオペラ小説、それを原作としたマンガやアニメで度々描かれたこともあって、この手の作戦級戦術シミュレーションゲームのプレイヤーならば誰もが再現してみたいと望んでいるものなのだ。

するとトライアロウは軽く笑った。

「確かに出てくるだろう。私だって敵がそんな間抜けなことをしたら攻める。本当にそのようなことをしたら我々は負けてしまうよ」

「けど、最初に奴と接触した部隊が、味方の救援まで耐えて頑張れば勝負になると思うんです」

するとたっきーが契斗の気づかない問題点を指摘してきた。

「ああ――君の隊だったら大丈夫かもしれないな。だが我々では難しい。はっきり言って不可能だ。倍する敵の攻撃を耐え凌ぐなら陣地の構築が必要となる」

「陣地を構築したら同じ場所にとどまることになります。ガンツェルは馬鹿だけど間抜けではないので、さすがに罠だって見破ってきますよ」

「そうだ。だからこそ君の作戦は無理と言わざるを得ないんだ。君の提示した作戦の難点は戦う場所も、タイミングも全てを敵にゆだねてしまう。その上で数における不利までも背負っては敵にしてやられるだけになるんだ」

「けど、そのくらいの餌を見せつけないと、ガンツェルの奴は山に籠もったまま時間切れまで出てこないですよ」

「おびき出す餌のつもりで、敵にやられてしまっては意味がないだろう？　君も作戦を立てる時は自分を基準にしないようにして欲しい。このような場合、足の遅い歩兵部隊がまず狙われるのだからな」

「そうでしたね……」

契斗が納得顔を見せるとクロウが手を挙げた。

「とは言え八咫烏君の言葉には一理があります。敵に勝ち目をちらつかせるため、三等分というわけにはいきませんが、我が戦力を半分に分けて見せたらどうでしょう？」

「半分だと？」

「はい。我がクランをまず一万五千ずつの二手に分けます。そしてその一方を別動させます」

「二万対一万五千か……敵から見て有利ではあるが、確実とは言えない戦力比だ。それだと敵の指揮官は山から出てこないのでは？」

「はい。しかし、どうしても出てこなければならない事情が合わせて生起したとしたらどうでしょう？」

「事情というのは何か？」

「斥候からの報告をまとめた兆候表によると、敵は西側の山岳地域で小規模の輸送部隊を盛んに行き来させています。これは、おそらく敵の補給部隊が北西の山岳地域にあることを意味していると思われます」

「敵の補給部隊が北西に？　どうしてそんなに離れることになったんだ？」

「今回の戦いは視界不良の中でいきなり不期遭遇《ふき》戦という形で始まりました。おそらく敵クランマスターは、補給部隊を乱戦に巻き込まないために最初に北方へと逃がしたんです。そして我々がその存在に気づかないように自分達はこれ見よがしに南へと陣取った」

「なるほど。それで今になって補給部隊の糧食を本隊に移動させているわけか」

「はい。しかし山岳地域の細い道をわざわざ迂回しての物資移送ですから、全てを輸送しきるには相当の時間がかかるに違いありません」

「そこで我々の別働隊が連絡路を塞ぎつつ、本隊をもって補給部隊を撃破《げきは》する？」

「はい。補給品を失っては敵は枯死するしかありませんから、慌てて出てくるはずです」

「しかし実際に、敵の補給部隊の場所はわかるのか？」

「そのあたりは気にしなくて良いと思います。これ見よがしに北方へと移動を開始すれば敵は補給部隊の位置をつかまれたと思うでしょうから」

　トライアロウは頷いた。

「ふむ、敵指揮官の慎重な性格と各個撃破《かっこげきは》の誘惑、現在の状況。これらを勘案すれば敵クランが山から降りてくる公算は確かに高い。よし、クロウ、幕僚長として作戦案を提出してくれ。他に意見のある者はないな？　ではこれで会議を終える」

　トライアロウの宣言を受けて会議は終了した。そして獅子王クランのメンバー達全員が一斉に立ち上がった。

「ああ、八咫烏君。君は残ってくれ」

皆が軍議天幕から出て行く中、契斗だけはその場に残ることを求められたのである。

＊＊＊

程なくしてクランマスターが決心を下した。クロウが提案した作戦は若干の手直しの上ですぐに発動され、獅子王クランは全軍を二分したのである。

「もちろん、この動きは全て敵をアラフィト山から引きずり下ろすためのものだ。そのため、何時、どの場所で戦うかの主導権を敵にゆだねる。敵の攻撃を受けることになった一隊は、もう一方の来援を待たねばならない。厳しい戦いとなるだろうから各位は心してもらいたい」

クランメンバー達はトライアロウの言葉に頷いた。

まず、本隊は直ちに進発して敵の補給部隊を撃破《げきは》するために北へ向かう。

そして別働隊は、ヒルドドル・クランの連絡線を遮断するために西へと向かった。

契斗は、この戦いで西へと向かう別働隊に割り当てられた。別働隊はヒルドドル・クランの籠もるアラフィト山の近くを通過するため、補給部隊を救おうと慌てて山から降りてきた敵と激突する公算が最も高くなる。そのため副将格のたっきーを指揮官とし、まがき、ひるきー、チヌらが率いる兵は、足は遅くとも粘り強く戦える歩兵部隊を主体にした戦力構成になっていた。

「八咫烏様、スケジュール表に従って斥候第六派を真南を軸にした扇状に七組送り出します。よろしいですか？」

別働隊の前衛を担う位置を進む契斗は、馬上から空を見上げたまま副官ＮＰＣの問いに答えた。

「ああ、コレットか……うん、頼む」

騎兵四騎を最小単位とする斥候が契斗の指図した方角に向けて駆け出していく。

彼らはあらかじめ定められた位置まで進出したら、そのまま戻ってくることを繰り返す。そうして一定の半径内に敵が近づいたらそれを知らせるのだ。

そうした偵察行動を契斗は頻繁に繰り返させていた。今回の戦いでは山から降りてきた敵ヒルドル・クラン軍をどれだけ早く見つけるかが勝敗を分けるからだ。

しかしながら契斗は、先ほどからずうっと他のことに気をとられていた。

「八咫烏様、もしかして天気を気になさっておいでですか？」

プレイヤーが何を考えているか推測できるほど演算容量を割り当てられていないというのがコレットの口癖だ。しかし頻繁に空を見上げる姿を見せていると、さすがに契斗の関心が天候にあることは推測できるらしい。

「うん。確か、ここのマップって砂嵐が起きるよね。何か法則性があるの？」

「ええ、法則性はあります。【Walhalla《ワルハラ》】の天候の変化は気象庁の天候シミュレーションシステムをそのまま流用していますので非常に複雑になってはいますけど」

「やっぱりそうなんだ……だとすると、空模様が怪しくなってきた感じだね」

契斗が指さした南の空は黄土色に染まって見えていた。その下部は薄らと陰っていて雲の厚みが感じられる。

「嵐ですか？」

「うん。さっきから風が強くなってきてる気がする。ガンツェルだったら前もって天気予報を出してくれるのに……」

ガンツェルはさすがにプロを名乗るだけあってどんな時に雨が降るか、今日の天候は霧が立ちこめやすいといった予報を出してくれていた。だが獅子王クランではそれが出ない。

「獅子王クランの方々は累積プレイ時間が総じて短い傾向にありますので、天候についてのデータ蓄積量も少ないからでしょう」

「長年やってる奴とは比べるべくもないってことだね。……うっぷ」

その時、契斗は顔を背けた。突然吹き込んだ一陣の風が砂を交えたまま契斗の顔に当たったのだ。

風が兵士達の持つ槍に斬られ不気味な音をあげる。

征旗《せいき》がくるくると激しくはためいた。

「やっぱり来た」

契斗は目を細めながら周囲を見渡して叫ぶ。

「砂嵐が来るぞ！」

言うやいなやあちこちに砂が巻き上がってたちまち視程《してい》が著しく悪くなった。

空が完全に黄土色に染まって、二〜三十メートル先の兵士が砂幕に覆われたシルエットにしか見えなくなってしまう。

身体の方は鎧をまとっているから良いとしても細かい砂粒が顔などに当たるのは地味に痛い。兵士達は兜を目深にかぶりマフラーで口や鼻を覆ってそれらを避けようとしていた。

「こ、これは……っぷ」

問題は、契斗だった。契斗は兜を被っていなければマフラーもないのだ。

八咫烏傭兵団では、騎兵も歩兵も標準装備として首にマフラーを巻いている。たかが布きれでしかないが汗や日差し、そして矢などから首元を守る効果があるとされている。もちろんゲーム内ではそういう意味での効果はなくてただの飾りなのだが、今回みたいな状況では砂嵐から口や鼻を守ることにも使える。だが契斗は、プレイヤーとしての傲慢さからその装備を怠っていた。

おかげで迂闊に口を開けば砂粒が入ってきそうであった。無防備に息を吸えば鼻にまで砂が入ってくるかもしれない。

仮想現実のゲームで何もこんなことまで再現しなくてもいいのにと思うのだがグラントラ社のプログラマーのこだわりはこんな細かいところにまで行き渡っている。感心するべきなのかそれとも文句を言うべきか実に悩ましい。

「団長、これを使いな！」

するとその時、エミーネが寄ってきて契斗の顔にマフラーを巻いた。強い風が轟音をあげているので大声をあげないと会話も難しくなっている。

「けど、これがないとエミーネが困るんじゃない!?」

「わたしは大丈夫！　エフトゥールの戦装束はもともとが砂を防ぐようになっているのさ！」

エミーネは自分の言葉を証明するように外套のフードを被って見せた。確かにフェルトのフードは口から鼻まですっぽりと覆っている。

「ありがとう……それなら借りておくよ！」

契斗はエミーネの気持ちを受け取って布で口と鼻を覆う。おかげで安心して呼吸をすることができた。

「ああ、わたしの匂いをたっぷりと堪能しておくれよね。ははははは！」

だが追い打ちをかけるよう放たれたエミーネの言葉を聞いた途端、背後から憤怒の声が響いた。

「八咫烏様、エミーネのマフラーなんか捨てちゃって下さい！　代わりにわたくしのものを使って下さい」

振り返ると憤然とした表情をしたコレットが鎧の下に手を入れて自分のマフラーをひっぱり出そうとしている。だが契斗はそれを止めさせた。

「いいよ、このくらいのことは我慢するから！　それにマフラーがないとコレットの方が困るだろう？　それにあいつの匂いとか残ってないし」

実際には、雨上がりの草原に咲く花のような香りがしていた。だがあえて口にするまでもないことだと契斗は黙っていた。

「本当ですか？」

しかし今回に限ってはコレットの追及はいつになく厳しい。そのため、別に悪いことをしているわけでもないのに契斗はしどろもどろになってしまった。

「どうして、そんなことを気にするのさ？」

「実は、喜んでいたりとかしてませんか!?」

「えっ!?　してないしてない」

「ならいいですけどお」

コレットは何故か不満そうだ。契斗を見透かすような物言いをしていた。

「そんなことより、ますます視界が悪くなってきてるからみんなに注意するよう伝えて。隊列から離れると迷子になりかねない」

風によって舞い上がった砂粒が、荒れた大地に降り注いでいる。

風の吹き方によっては二〜三十メートル先まで見えていた視界が、隊列の二〜三人分先までしか見えなくなる時もある。おかげで八咫烏隊の進行速度は著しく低下していた。

契斗は、コレットを通じ各隊に脱落者を出さないよう隊列の前後にいる者の存在に気を配るよう命じた。

細い一本道を進んでいるからこそ道に迷わずに済んでいるが、これが他の場所であったならたちまち方角を見失っていたに違いない。そして、その小道も降り積もる砂で覆われつつあり、足下に気を配らなければ道なのか道から外れているのかわからなくなりそうなのだ。

だが砂嵐はますます強くなる一方であるため、ついに契斗は前進を諦めた。

「停止なさるんですか？」

コレットが問いかけてくる。

「うん、迂闊に動くと道に迷いそうだ。偵察に送り出した斥候も戻ってこれるか怪しいし」

そんな状況では変に動き回るより、この場に立ち止まって砂嵐が通り過ぎていくのを待った方がいいと思ったのだ。

「全軍停止！」

兵士達が隊列の後方へ言づてで伝えていく。

そして皆、その場にじっと立ち止まり、風と一緒にぶつかってくる砂粒を浴びた。

「斥候は戻ってきた？」

契斗がコレットに問いかける。

「まだです。この風ですから道に迷っているのかも知れません」

「でも南に向けて送り出した斥候が一組も戻ってこないなんておかしくない？」

「え、ええ……」

そうしてしばらく耐えているとやがて不意に風が弱まる。空を黄土色に染めていた砂が晴れて、やがて少しずつ視界が広がっていった。

隊列を組んだ二～三人先しか見えなかったものが次第に先まで見えてくる。二～三十メートルの視程《してい》が一瞬だけ百～数百メートルまで伸びたのだ。

「ん？」

契斗は砂の薄膜の向こうに何かを見た気がした。

だが吹きすさぶ風は大空の呼吸のように、周期的に強くなったり弱くなったりする。すぐに風は強さを盛り返して分厚い砂煙の幕によって視界が覆われてしまった。

「コレット、今、何か見えた気がしないか？」

「え、何かありましたか？　何かありましたか？」

コレットが慌てて周囲を見渡す。

「異常があったら報告してくれ。みんなもだ！」

契斗は周囲の兵士達に、今、何か見えた気のする方角に注意を払うよう命じた。すると八咫烏傭兵団の兵士達は馬の首を契斗の命じた方角へと向けていく。

「おい、あれは何だ？」

すると兵士達が一斉に西を指さした。

「団長、あれをご覧下さい」

「ん？」

兵士の指さした南の方角に隊列を組んだ騎馬隊が突き進んでくる様子が見えたのである。

それは、サンドスタットと呼ばれるダチョウに似た大型鳥獣に跨がる泥鬼部隊で、兵士達がその存在に気がついた時にはもう目の前にまで迫っていた。

「あれは、斥候か？」

「違う、敵よ！」

コレットが叫び、契斗は剣を抜く。

「総員、武器を構えろ！　ただちに戦闘開始！」

ただちにカタクラフィー重装騎兵は槍を、ゲルマー騎兵は戦斧《せんぷ》を、そしてエフトゥール弓騎兵は弓を構える。そしてその数瞬後、砂塵を乗せた風と共にやってきたヒルドル・クランの騎馬部隊との乱戦が始まった。

「くわっ！」

「敵だ！」

砂嵐の吹き荒れる中、八咫烏隊のあちこちで撃剣の音や悲鳴が響き始めた。

＊＊＊

ヒルドル・クランの襲撃を受けたのは契斗率いる八咫烏傭兵団だけではない。

長く伸びた獅子王クラン軍別働隊の隊列全体が、砂嵐に乗じて襲いかかってきたヒルドル・クラン軍の攻撃に曝されたのだ。

だがその襲撃は獅子王クラン将兵にとって、予想していた出来事でもある。ただ砂嵐が想定外だっただけなのだ。

「これは予想通りの敵の襲撃だ！　直ちに本隊に伝令を送れ！　伝令内容は『敵軍と接触。来援を請う』だ！」

別働隊を指揮するたっきーはトライアロウの指揮する本隊に向けて伝令兵を送り出した。

続いて各クラメンには部隊ごとに方陣の態勢をとらせるよう指示した。

「行軍隊形から、戦闘陣形に移行はしないのですか？」

副官NPCの問いにたっきーは答えた。

「こんな視界が利かない中でそんなことしたら大混乱を起こしてかえって不味い！　今は中隊ごとに今の位置で防備を固めるんだ。急げ！」

たっきーの指示が伝わるとクランメンバー達は敵襲の混乱の中で苦心惨憺《さんたん》しつつも方陣を作っていった。その間に少ないとは言いがたい損害が生じてしまったが、態勢が整えば防備は硬くなるし、敵に襲撃の対価を十分に払わせることができると信じて断行したのである。

しかし、ヒルドル・クラン軍は獅子王クラン別働隊の態勢が整うと風と共に退いていった。

「て、敵は……」

獅子王クラン将兵の周囲に残ったのは、砂混じりの風と敵の遺骸《いがい》。そしてそれよりも多い味方の遺骸《いがい》であった。

「こ、これで終わったのか？」

「いや、そんなはずがない。また来るぞ！」

兵士達が口にした予測を証明するかのように、砂煙の帳を破ってヒルドル・クランの騎馬隊が襲ってきた。

「きたっ！」

次に来たのはバッファローに騎乗した鷹に似た兜を被った銅色《あかがねいろ》の肌のワンゴ兵である。剽悍《ひょうかん》なワンゴ種族は獅子王クランの兵士と剣刃を交えると風と共に退いていく。そして次は、ラクダに似た獣に跨がった敵がやってくる。

まるで寄せては返すを繰り返す海岸の波のようであった。

「……くそっ」

間隙を置いての波状攻撃。

獅子王クランの兵士達は、何時敵の本格的な攻撃が始まるのかと息を潜めて待ち構えなければならなかった。

「敵の襲撃が散発的過ぎます。これをどう思われますか？」

たっきーの元に、副官ＮＰＣを連れたひるきーが駆け寄ってくる。ひるきーはたっきーの部隊のすぐ後ろに位置していたため駆けつけやすかったのだ。

たっきーは自分の中でもひるきー同様の疑問が浮かんだが、それを理屈で強引にねじ伏せると告げた。

「敵の攻撃が比較的小規模なのは、こんな砂嵐の中で本格的な攻勢を起こしたら視界が効かずに同士討ちをしかねないからだろう。だからこんな小規模な攻撃を繰り返すしかないのだ。砂嵐がやめば敵の本格的な攻撃が始まるはずだ！」

「しかしなんでこんなやり方を？」

「本格的な戦闘の前に、我々に可能な限り出血を強いるつもりなのだ。そして実際にそれは上手くいってる。我々はここで天候が回復するまで堪え忍ばねばならない」

「はい」

「天候が回復した時が正念場だ。我々をこの位置に拘束し各個撃破《かっこげきは》しようとするだけにその攻撃は苛烈な物になると予想されるが、この戦いはトライアロウが本隊を引き連れてやって来るまで耐えきれば我々の勝ちだ！」

「了解」

ヒルキーはたっきーの命令を受けて自分の隊へと引き返していく。

さらにその指示は別働隊全軍に、つまり契斗の元へ伝令を介して伝えられたのである。

＊＊＊

「たっきー様より連絡です。天候が回復したら正念場だ。味方の来援まで耐えるようにとのことです」

コレットは契斗の耳元で叫んだ。

「わかった。重装騎兵！　槍を並べて敵を防げ！　弓騎兵隊はその後ろから矢を放て！　軽騎兵は方陣内に飛び込んできた敵の始末だ！」

契斗は配下の騎兵達を下馬させると一辺三列の方陣を五個作らせ砂嵐とともに襲ってくるヒ

ルドル・クランの襲撃を防ぎ続けていた。

防御の方陣で最も効果があったのは、やはりカタクラフィー重装騎兵の強固な装甲と長槍であった。

視界の悪い中での襲撃は敵にとっても諸刃の剣で、離れてしまえば敵が見えないために矢を使うことができない。そして目前に肉迫して敵の姿が見えると、その時には槍の穂先が避けられない距離まで近づいていて、それに向かって自ら突進してしまう形になるのである。

もちろん多くの敵は自らの身体を槍に貫かれる前に立ち止まるから、互いに槍を繰り出す近接戦を繰り広げる。そうなると不安定な馬上より大地に足を置いた歩兵の方が有利になるからどうしたってヒルドル・クラン軍は攻めあぐねることになるのだ。

「矢を放て！」

そこをすかさずエミーネの号令でエフトゥール弓騎兵が矢を放つ。

風上に向けた遠射は敵を怯《ひる》ませるほどの効果も得られないが、敵の顔が見えるほどの距離で放たれる近射は相応の効果がある。そしてこれらの防御を幸運にも突破できた敵にはゲルマー軽騎兵の戦斧《せんぷ》が激しい出迎えをお見舞いした。

「次が来たぞ！」

「敵は……泥鬼種です」

六度目の襲撃は、初回そして三回目と同じくサンドスタットに騎乗した泥鬼種族兵であるとコレットから報告された。

「確かクベりん率いる部隊の中に泥鬼種隊があったな」

そしてヒルドル・クランには、他にはサンドスタットを使う者はいない。誰かが宗旨替えをしたとか、あるいはサンドスタットを使うメンバーを新規に迎え入れたということでなければ三つの騎兵集団が交代で襲撃してきていると考えて良いことになる。

ガンツェルの懐刀とも言えるクベりんが前面に立っての襲撃は、ガンツェルがこの決戦に並々ならぬ決意を持って挑んでいることを思わせた。

しかし、契斗の中で何かがしっくりこない。何かが違うという違和感があった。

それはいったい何か？

砂嵐が止んだら、敵の本格的な攻撃が始まるという予測か？

本隊が来るまで耐えきれれば我々の勝ちだというたっきーの言葉か？

わからない。

わからないが、この状況に背筋にナイフの先端を突きつけられているような落ち着かなさを感じてしまう。このままここにいてはいけない。ここにいたら大変なことになるという焦燥感が湧いてきたのだ。

「コレット、たっきーに伝令を」

契斗は傍らの副官を振り返った。

「はい！　それで伝言は、どのような内容でしょうか？」

「この攻撃は、嘘かもしれないって伝えて！」

「嘘かもしれない……ですか？」

「そう！　急いで！」

八咫烏からの伝言を聞いたたっきーは呻いた。

「この攻撃が嘘……陽攻だと!?」

誤解なく八咫烏の言わんとすることを受け取れたのは、契斗との意思疎通を図ってきた成果と言えるだろう。だが、それが意味することはたっきーを混乱させた。

契斗が伝えてきたのはこの砂嵐の中での激しい攻撃は、たっきー率いるこの別働隊をこの地域に縛り付けておくための見せかけの攻撃――すなわち陽攻ということなのだ。

つまり今、敵の主力による激しい攻撃を受けているのは本隊ということになる。

だとしたら、たっきーはこの地での戦いを放棄して、直ちに味方を救援に赴かねばならない。

しかしながら八咫烏の言葉の根拠は勘だ。敵の攻撃が虚勢であることを示す何か具体的な兆候があるとかそういうものではない。八咫烏自身が判断の材料に勘を用いるのはかまわないが、自分達がそんなものを情勢判断の材料にして良いはずがないのだ。

もし、契斗の勘が間違っていたら敵の主攻に対して背中を見せることになる。敵の追撃を受け壊滅的な被害を負うだろう。それはこの戦いの敗北に直結する。ひいては日本という国の安全を脅かすことにまで直結するのだ。

その責任の重圧感の中で、たっきーはしばし逡巡する。

そして副官ＮＰＣに告げた。

「本隊から救援を求める伝令が来たわけでもない以上、この地こそが決戦場だと判断せざるを得ない……八咫烏に伝えろ。その勘の囁《ささや》きは無視しろとな。今、敵の主力と向かい合っているのは我々なんだ！」

第八章

その頃、アラフィト山を降りたヒルドルル・クラン一万八千の軍兵は、斥候兵を周囲に放ちながらマップ東側を迂回、北進していた。

マップ東側は上ったり下ったりの激しい地形だが、砂嵐をモロに浴びながら進むよりは、単位時間あたりの移動距離が稼げるのである。そして斥候兵には砂嵐の中でも困らない砂鼠族《そぞく》を使っているから、見過ごしも少ない。

そしてその配慮が正解であったことをハウメアの微笑みが告げていた。

「コマンダー、報告が入りました。獅子王クラン軍を発見。本隊のようです」

するとガンツェルは尋ねた。

「そこに八咫烏隊はいるか？」

「斥候によれば八咫烏隊の隊旗はなかったそうです」

「よし、計画通りだ！　やはり奴は別働隊に割り当てられていたか。これで獅子王クランの奴らを小牧・長久手の羽柴秀次にしてやれる。全軍、目標、敵本隊だ。進め進め！」

自分の策が上手くいったとわかりガンツェルはほくそ笑んだ。

小牧・長久手の戦いとは、本能寺で倒れた織田信長亡きあと、天下の後継者の座を巡って羽柴秀吉と徳川家康との間で行われた合戦である。

天正十二年（一五八四年）徳川家康は羽柴秀吉と対立した織田信雄《のぶかつ》を支援するため軍を率いて三河を出発、小牧山城へと入って羽柴軍と対峙した。

羽柴軍の池田恒興《つねおき》、森長可《ながよし》、羽柴秀次は、家康が領土の三河《みかわ》、遠江《とうとうみ》、駿河《するが》を留守にしている間に、別働隊を送り込んで、徳川軍を尾張から撤退せざるを得ない状況へと追い込もうとしたのだ。兵法にもある囲魏救趙《いぎきゅうちょう》の計の応用だ。

しかし羽柴秀次・池田隊の動きは徳川方に察知されていた。東へと向かっていた池田・羽柴秀次隊は、徳川軍による背後からの奇襲によって壊滅的損害を負ってしまった。この敗北によって羽柴秀吉は織田・徳川連合と和睦をしなければならなかったのである。

今回の戦で、徳川家康にとっての三河、遠江、駿河に相当するのが、北方に位置する補給部隊だ。

もちろんガンツェルが獅子王クランとの遭遇戦の際に、補給部隊を北方へと逃がしたのは偶然だ。そしてヒルドル・クラン軍が、その反対方向に撤退しアラフィト山に立てこもったのも、弱点となる補給部隊から本隊に意識をそらせるためで、やはり偶然の産物である。

しかしここから先の全てはガンツェルが意図して行う計略であった。

本隊と引き離されている補給部隊が、敵を引き寄せる魅力的な餌となることに気づいた彼はそれを利用することにしたのだ。

まず、アラフィト山に立てこもって時間切れの引き分けを狙っているように振る舞いつつも獅子王クランの斥候に見つかるよう頻回に輸送隊を行き来させる。

すると補給部隊がマップ北方に位置していることを察した獅子王クランが動き出す。

その際の獅子王クラン軍の選択肢は――
①全軍で補給部隊を撃滅するために北方へと向かう。
だが、これは期待できない。と言うのも、これをすると敵は無防備な背中をガンツェルに見せつけることになるからだ。よしんば後方からの襲撃を警戒しながらゆっくり北に向かったら、ガンツェルは補給部隊に大規模な増援部隊を送り込む時間を得る。その上での補給部隊への攻撃は山岳部に大軍を入れる愚を犯すことになる。

山というのは峰、稜線、谷によって細かく区分けされた場所だ。その狭い空間には入れる人数に自ずと制限が生まれるため、大軍は細かく分割されてしまう。そして分割された軍は相互に連携も支援もできなくなる。

このゲームの部隊長ＮＰＣは割り当てられている演算容量の関係から、独自で進退を判断できるほどの能力はない。命令の授受にタイムラグが生じるのでプレイヤーの目が届かないところでは人間が直接指揮する部隊の方が遥かに優位なのだ。おかげで少数の戦力でも大軍相手に互角に戦える。いや、それどころか味方で渋滞した狭い小径《こみち》を進まなくて済むため、かえって有利になることも多いくらいだ。

そしてガンツェルはこのマップについて詳しい情報を持っている。だからもし、敵がそうしてくれるならガンツェルは狭い蛇行する山道に長蛇の列を作る敵を襲撃、分断して撃滅するチャンスを貰ったことになる。

②全軍でアラフィト山を攻略する。

①と同じ理由でこれもない。しかもアラフィト山は防御陣地を構築して守備側有利だ。敵が愚者であることを期待するのはそれ以上に愚かな行為である。従ってこれはない。

③全軍でアラフィト山を取り囲んで補給線を遮断しての兵糧攻め。

普通ならばこれこそが敵が選択する公算の高いやり方だ。三国志でも諸葛亮の第一次北伐戦で、街亭（甘粛省安定県）の守備を命じられた馬謖が命令に反して山頂に陣を敷いたため魏軍に水の補給路を断たれて敗れている。山に籠もった敵は無理に攻める必要がないのだ。

しかしアラフィト山は一つの独立した山ではなく、いくつかの峰が連なりより大きな峰へと繋がる連峰の一つでどれほどの大軍勢をもってしても完全に取り囲むことはできない。

補給線の完全遮断もガンツェルの方が地理情報に詳しい状況では難しく、さらにはこの【Walhalla《ワルハラ》】には時間切れ引き分けの概念がある。従ってこれもない。

④別働隊を補給部隊撃滅のために送り出し、本隊がヒルドル・クランが山から降りてくるのを待ち構える。

現状ではこれが最も敵が選択する公算が高い。そしてまた、この状態になることをガンツェルは密かに期待していた。別働隊の規模にもよるが、敵が小部隊を送り出すなら、これを捕捉撃滅していけば良い。この繰り返しで敵の総数を漸減させることができるのだ。当然、敵もそれを防ぐために別働隊には相応の規模を用意するはずであった。

しかし、まさか全軍を正味半分にした別働隊を繰り出すとは思っていなかった。半分ということは、どちらの集団も数の上でヒルドル・クランより少ないことになる。各個撃破《かっこげきは》の好機と言えよう。

敵が全軍を半数に分けその一方を北上させたと聞いた時、ガンツェルは敵将の呼びかけが聞こえた気がした。

「さあ決戦だ、かかっておいで」

敵の作戦はガンツェルの策に乗ったフリをしつつ、ガンツェルを決戦に誘い出すことにある。獅子王クランの勝機は、味方が救援に来るまでガンツェルの攻撃に耐えることができるかなのだ。

対するガンツェルの勝機は、獅子王クランの別働隊が来援するまでの間に敵本隊を撃滅できるかにある。

乾坤一擲《けんこんいってき》の、のるかそるかの大ばくち。勝者と敗者を冷酷に切り分ける分水嶺《ぶんすいれい》。これを称して『決戦』と言う。

その言葉が思い浮かんだ時、ガンツェルは身震いした。

クランカップの予選で無敗を誇っている獅子王クランに初黒星をつけてやれるかもしれないこの好機に、背筋の奥からじわっと沸き上がる熱さを感じたのだ。

この勝負に応じないわけにはいかない。

契斗に向けて、【Walhalla《ワルハラ》】はゲームだがゲームではないと言い放ったガンツェルだが、それでもやはりゲームであることを思い知る。この滾《たぎ》るような興奮には、逆らいがたい魅力があるのだ。

「いいだろう、勝負だ！」

だが、問題は八咫烏が本隊と別働隊のどちらにいるかだ。

勝機を直感でつかむ八咫烏がいる隊に襲いかかっては、勢いづいた攻撃も蹴手繰《けたぐ》りで躓《つまず》かされる恐れがある。ガンツェルには何時、どこで、どの敵を叩くかを選択する主導権があるのだからそれを生かすべきなのだ。

そこでアラフィト山を降りて、まっすぐに待ち構える敵部隊を撃つのではなく迂回して北方へと向かう一隊を叩くことにした。

近寄ってくる隊にこそ八咫烏はいるはずなのだから。

だからその別働隊には一部の支隊を向かわせて拘束する。ヒルドル・クラン主力の攻撃だと誤解されるような天候を利用した計略を与え、最も信頼するクラメンを送り出した。

「紅の鬼姫クベりんならばきっとコマンダーのご期待に応えて下さるでしょう」

これで敵本隊を撃滅するまでの時間をさらに稼ぐことができる。

「敵側の伝令の往来を妨げるために、小隊を派遣して周辺の道を塞ごう。ハウメア、やれるな」

「はい。お任せ下さい」

こうして敵本隊と別働隊の連絡を禁じることで、時間をさらに稼ぎ出す。

「八咫烏なら俺の作戦に気づくかもしれないが、勘で物を言う奴の提案を聞く指揮官なんているはずがない。奴が独断専行《どくだんせんこう》してこっちに来たとしても、それまでに形勢ができてしまえばひとりではどうにもなるまい」

「コマンダー、獅子王クラン軍の詳報が入りました」

ヒルドル軍が敵に近づくと斥候からの追加報告が入った。敵の居所を報せるだけの報告と異なり敵の詳しい状況を伝えてきた物だ。

「で、敵の様子は？」

「敵はこの先で、こちらに正面を向けて開進《かいしん》（縦長の隊列を横陣に広げる）しているそうです」

「ちっ、こちらの斥候が察知されたというわけか？」

ハウメアの暗い口調を聞いてガンツェルは舌打ちした。

「申し訳ありません」

「おまえが謝ってどうする？　敵も決戦を誘ってきたほどだ。こちらの動きへの予測もあったに違いない。さすが全勝でここまで来てるだけのこともある。生半可なことでは勝たせてはくれない優れた敵ということだ」

「はい」

「是非もない。このまま戦おう！　こちらも行軍隊形から戦闘陣形への転換急げ。くさび型陣形だ。クラメン達に急がせろ！」

ハウメアが頷くと伝令達が一斉に走り出した。各隊にガンツェルの指示を伝えていく。するとまっすぐ一本だった隊列が、くさび型となっていく。

そしてそのまま獅子王クラン本隊との距離を詰めていく。

谷から上がって丘陵の棚部に上がると、視界が広がると同時に砂嵐を浴びた。

既に強風のピークは過ぎて風は弱まっていたが、無視するのは難しい。この程度でも風の勢いで弓箭が狙った通りには飛んでくれなくなるのだ。そのため遠くから放った矢は牽制にもならない。

ガンツェルは馬から下りるとハウメアに命じた。

「よし、この位置に帷幄《いあく》を開け」

「はい」

ハウメアがガンツェルの目前に砂盤《さばん》を広げる。

赤い駒で示された敵獅子王クラン軍が横陣に並んでいる。そこにくさび型陣形をとった青い駒のヒルドドル・クラン軍がしずしずと近づいていった。

双方の距離が縮まり、最前列の兵士同士の顔が互いに見分けられる程になるとガンツェルは命じた。

「よし、攻撃開始！　全力で打ち破るぞ！」

獅子王クラン一万五千対ヒルドドル・クラン一万九千。正面からの力任せの激突がここに始まった。

＊＊＊

ガンツェルは、強風によって弓箭が狙った通りに飛ばないことを利用し、剽悍《ひょうかん》なコボルト爪兵、ウーグル牙族兵を敵軍正面に殺到させた。

獅子王クランは、定石通りに弓箭兵による擾乱射撃を行ったが案の定効果は著しく低い。凶暴な野獣がヒト型になったようなこれらの種族は、風に流されながら降り注ぐ弓箭をかい潜ってたちまち獅子王クランのレムス剣兵部隊を混乱に陥れた。

獅子王クランのレムス族兵は整然と陣列を整え、楯を動く城壁のごとく並べているが、剽悍《ひょうかん》なこれらの種族兵は敵の構える楯など平気で飛び越え、肉弾でもって敵兵のまっただ中に飛び込んでいったのである。

こんな戦い方を一兵や二兵で行えばたちまち処理されてしまう。楯を掲げ上げて、グラディウスを突き上げ、頭上に降下してくる獣の腹部に深々と剣が突き刺さり絶命の絶叫と鮮血があたりに降り注いだ。

しかし百や千の単位で行えば話が違ってくる。ヒト型の生き物は元来頭上からの攻撃は苦手で、亜人兵でもそれは同じ。レムス族兵の処理能力を数の力で圧倒してしまうことができるのだ。

反撃からこぼれ落ちた野獣兵は獅子王クラン兵のレムス兵を踏み台に、あるいは深々と地に伏せて、手当たり次第剣爪を振り回して、周囲に襲いかかった。

こうして獅子王クラン軍の陣列は敵の浸透によって混乱、乱闘状態に陥った。

ここに整斉と隊列を整えた褐色の肌のグリク族重装歩兵が押し寄せるのである。その攻撃は獅子王クランのあやふやとなった隊列を蹴散らし、奥深く食い込み、幅広く抉った。

「よしっ、やった！」

帷幄《いあく》からその様子を見ていたガンツェルは、傍らのハウメアの頭をがしがしとなでた。なでたと言うよりは髪を激しく掻き回すというか、頭をシェイクするという感じのそれにハウメアは「あわあわあわ」と呻くものの嫌がる様子はない。殴打の苦痛とは異なる新感覚の喜びを主と分かち合っていたからだ。

「よし、ハウメア！　全軍にこのまま押し込めと伝えろ！　敵陣を突き破るんだ！　進め進め！　勝利の女神がベッドを温めて手招きしてるぞ、とな！」

「は、はひぃ」

ハウメアはどうにか副官NPCとしての使命を全うした。

全軍にこれまで以上の猛攻、前進を命じたのである。

＊＊＊

優勢に推移する戦闘状況に熱狂したガンツェルが歓喜の雄叫びをあげている時、もう一方の主将《マスター》トライアロウは落ち着き払った態度で不利となりつつある戦況を見守っていた。

「マスター、敵の勢い凄まじく敵尖兵の前進は我が方の第三段にまで達しました。いかがされますか？」

砂盤《さばん》上では、横に並んだ青い駒の隊列に、敵を示す赤い駒が深々と食い込んでいる。いかにも大和撫子という風の黒髪乙女な副官NPCが若干慌て気味に告げるが、トライアロウは落ち着いた口調で返した。

「慌てる必要はないよ、氷見子《ひみこ》君。敵の攻撃がどれほど凄いと言っても、半分に食い込んだ程度でしかない」

「は、はい、ですが……」

「大切なことは軽挙妄動しないこと。作戦方針は既に下達してあるのだから現場指揮官を信じて見ていれば良い。君も最高指揮官の副官なのだから多少のことでは動じる様子を見せないようにするべきだな。今起きていることは最初からわかっていたことだ。対策も既に万全になっている……といった態度でいてくれるとありがたい」

「は、はい。申し訳ありません」

氷見子《ひみこ》98Z鳴瀬川は赤面しつつ頷いた。

「敵も民間人ながらさすがプロだけのことはある。この戦場の地形や気象、ゲームとしてのユニットの特性といった要素をフルに生かしている。実に見事だ」

戦場では獅子王クランの横陣を突き破ろうとする敵が、圧力を強めつつあった。

楯を構えた重装剣兵が、背後の仲間に背中を支えられ、押され、突き進んでくるのだ。そして獅子王クランの重厚な守りがそれを阻んでいる。しかし縦長なくさび形陣をとったヒルドル・クランの圧力は凄まじく、横に並んでいた獅子王クラン中央はじりじりと後退して中央部が下がった『V』の字へと変形しつつあった。

「このままでは中央突破を許してしまうのでは？」

「無闇に敵が突破を求めるなら、両翼から包囲《ほうい》するだけだ」

この状況、一見すると横陣形の中央が突き破られそうに見える。しかし視点を変えてみると両翼から敵を包囲《ほうい》しようとしているようにも見える。つまり包囲《ほうい》か中央突破か、どちらが勝ってもおかしくない浮動状況なのである。

特に激しい戦いが中央部で繰り広げられている。楯と楯とをぶつけあう肉弾同士の激しい力比べ。

楯の隙間から剣を突き出して、わずかでも敵を怯《ひる》ませよう、傷つけようとする戦いが繰り広げられ、互いの獣兵がその足下で、あるいは頭上に掲げた楯の上を舞台に激しく戦いを繰り広げていた。

「今、別働隊より伝令が到着しました。『敵軍と接触。来援を請う』とのことです」

副官NPCの報告を耳にしたトライアロウは、一度では理解できなかったのか問い返した。

「なんだって？」

「『敵軍と接触。来援を請う』です」

「ふむ、つまり敵はどのような方法を用いたかわからないが、別働隊に自分が主力による攻撃を受けていると誤解させることに成功したわけか」

「はい」

「それで、こちらにたどり着いた伝令は一組だけか？」

「はい」

「こちらから放った斥候は戻ってきたか？」

「十二組中、六組が未帰還です。おそらくは敵に捕捉撃滅されたものと思われます」

「戻ってこなかった斥候の目標は？」

「ブロッコリーの台、かまぼこ涸谷《かれだに》、砂谷《すなたに》、凸凹峠《でこぼこ》、五段山、風の凹地《おうち》です」

「ふむ。そうなるとこちらの放った伝令が向こうにたどり着いてるかも怪しいな。これで伝令一往復分の時間を敵に稼がれてしまったわけだな……」

トライアロウは砂盤《さばん》上に示されたそれぞれの目標地点を見渡した。

南方から攻めてくる敵を中心に扇型に送り出した斥候の中で、敵の後背部に向かうルートをとった隊の連絡が途絶している。別働隊に向けて送り出した伝令もまた同じ運命を辿ったと考えるべきだろう。

「敵クランマスターも自分の勝利条件が、我が方の援軍が到着する前にこの戦闘を勝利してしまうことだと理解しているのだ。援軍を少しでも遅滞させるため、我が方の斥候や、援軍との連絡路の遮断を徹底するのも当然というわけだ」

「この戦場マップは広大ですが起伏が激しく、往来のルートも限られていますので連絡路の遮断も容易なようです」

「この戦場マップでの経験を積んだ敵の方が、詳しい近接経路の情報を持っているだけに有利ということか……よし、わかった。斥候が戻らなかったこの六カ所には、これまでの三倍の規模で斥候を送り出す。そして伝令は改めて北桟道《さんどう》、林馬車道方面を経由して送り出しなさい。『こちらへの攻撃こそが敵の本命。直ちに来掩せよ』だ」

「はい」

伝令も斥候も、これまでの四騎から十二騎に増やした規模で送り出された。

「EEI（指揮官が最も強く関心を持っている情報）は援軍は到着するか、到着するとしたら何時どの方角からかだ。よろしく頼むよ氷見子《ひみこ》君」

「かしこまりました」

すると黒髪の美少女副官は楚々とした態度で深々と頭を下げたのだった。

＊＊＊

ガンツエルは呻いた。

「敵もなかなか粘り強い。もしかすると獅子王クランが自衛隊のエリート達の集まりだというのは本当のことかもしれないな……」

ヒルドル・クラン軍の前進が滞っている。最前列、先鋒の兵達は激しく戦っているというのに敵陣中央に食い込んだ味方の陣列が一歩も進まなくなったのだ。

敵の防御の硬さに手こずっているらしい。いったいどういうことかと伝令を出して戦線指揮官のクラメンに問いただした。すると、その回答は以下のようなものであった。

「ラケダ兵がいます」

「ちっ、そういうことか」

ハウメアの報告にガンツェルは舌打ちする。

この【Walhalla《ワルハラ》】では様々な亜人種が登場する。その中には歴史において勇名を轟かした民族や都市国家市民をモデルとしたものも多い。その一つがラケダ族だ。モデルは古代ギリシャ最強の戦闘民族スパルタ人と言えばそれ以上の説明は不要に違いない。そんな連中で構成された一団が絶対に通さないと立ち塞がっているのだから攻めあぐねるのも当然なのだ。

敵部隊は戦いが膠着状態になると両翼を押し上げて隙あらばヒルドル・クラン軍を半包囲《ほうい》しようとする。そのため一旦引いて、戦力を再編成してはどうかという要望がクラメン達から度々あがってくるようになっていた。

だがガンツェルは頑として受け付けなかった。

「ダメだ。押せ、押して押して押しまくるんだ」

少しでも余計な時間をかければ敵の援軍がやってくる。それまでにこの敵本隊を撃滅してしまわなければならないのである。

ガンツェルは予備部隊の出番だと考えた。

「ハウメア、リーマンに出番だと伝えろ。さあ、もう一歩前にだ！」

伝令が走る。すると後方に控えていたリーマン四三率いる毫犀《ごうさい》部隊が前進を開始した。

「さすがのガンツェルも、ワイの力が必要になったっちゅうわけやな……」

毫犀《ごうさい》というのは一本角の大型騎獣だ。その突進力は生半可な歩兵では止めることができない。ただし一旦速度がつくと止まることも方向転換もできない。以前より、リーマンが率いていたヴァリ氏族は突撃を得意としていたが、それに飽き足らない彼はそれらに毫犀《ごうさい》を与え、自部隊を突撃のみに特化させたのだ。これによって彼の部隊は猪突猛進しかできないようになった。

「行くぞ！　進め進め！」

リーマンは自ら先頭に立つと、この毫犀《ごうさい》百頭の一群をヒルドル・クラン軍の前進を妨げる敵陣中央に向けた。

迎え撃つ獅子王クランの一隊は、円形の楯にΛマークを刻んだ鉄錆色の肌のラケダ族兵。縦深のある隊列を組んで突進する毫犀《ごうさい》部隊にすら怯《ひる》むことなく長槍をずらりと並べる。そして両者の距離はたちまち縮まっていった。

両者の激突。

毫犀《ごうさい》の分厚い皮膚にラケダ族兵の長槍が突き刺さる。

だが毫犀《ごうさい》の勢いは止めることができず長い槍の林が大きく撓《しな》った。そして粉砕され、辺りに木っ端がまき散らされた。

毫犀《ごうさい》がその頭部の角を大きく突き上げる。

腹部に鋭い角の一撃を受けたラケダ族兵が悲鳴をあげながら跳ね上げられた。

その隣や背後にいた兵士はその巨体によってはじき飛ばされ、あるいは踏みつぶされた。そしてその後、毫犀《ごうさい》は膝を屈し地に伏せて息絶えていった。

それでも毫犀《ごうさい》の前進は止まらない。倒れた巨体が前進の勢いそのままに地を擦りながら滑っていく。それが隊列を組んだラケダ族兵を薙ぎ倒していった。

この激突によって獅子王クランの隊列は大きく乱れた。

隊列を組めば無類の強さを発揮するラケダ兵も分散を余儀なくされ、ヒルドル・クランの様々な種族の兵が、一人一人の彼らに群がっていく。

勇猛なラケダ兵は群がり下される剣を楯で捌き、槍をふるって敵を刺す。

剣を握っては血しぶきの舞う剣劇を繰り広げて戦った。

しかし所詮は多勢に無勢、精強を誇る彼らも群がる兵によって一人倒され、二人倒されその数をゆっくりと、しかし確実に減じていったのである。

「リーマン隊が敵陣を突破！　突破です！」

ハウメアの報告に、馬上の人となったガンツェルが握り拳を突き上げて叫ぶ。

「よし。このまま敵に引導を渡してやる！　全軍突撃！」

帷幄《いあく》を閉じたガンツェルは、剣を抜くとその切っ先を前方に向けた。

敵にとどめを刺すべく全軍での前進を開始したのである。

＊＊＊

「敵に中央を突破されました」

その報告を聞いた時、トライアロウは初めて眉を寄せた。

「そりゃ困ったね」

少しも困ってるように聞こえないせいもあって氷見子《ひみこ》も自分の報告が実は全然たいしたことではないのではないかと思ってしまった。しかし実際には獅子王クランの各部隊があちこちで敵に圧倒され戦線を支えきれずに崩れようとしている。懸命に各部隊長のクラメン達が混乱を収拾しようとしているが、敵の勢いづいた攻撃がプレイヤー本人にまで達して、指揮不能に陥る隊も現れていたのである。

トライアロウが尋ねる。

「援軍はまだか？」

「まだです」

「ならば、動くな。別働隊はきっと来る」

だがトライアロウは低く告げるだけであった。

こうなってはできることはそう多くないのだ。予備隊を投入して敵の先鋒を防ぐことだけ。そしてそれらの処置については全て命令が済んでいる。あとは各部隊の指揮官達に任せているしかない。

敵の先鋒が突き進んで来て、いよいよ本営目前でも戦いが繰り広げられるようになった。喊声《かんせい》と怒声が響き渡り、楯と楯とが激しくぶつかり合う。金属同士のぶつかる音すら耳に入る。

そんな中で部下を信じて泰然とした態度をとり続けるトライアロウ。

氷見子《ひみこ》はそんな主をじっと見据えた。

副官NPCは主に似るものだ。氷見子《ひみこ》もまた、トライアロウに感化されたように唇をきゅっと閉じた。そして前方で行われている戦いに目を向けたのである。

＊＊＊

「八咫烏君は残ってくれ。少し話がある」

獅子王クランのクランマスター、トライアロウ三三三こと、電脳自衛隊電将補三ツ矢令次はこの作戦開始を決心する前に、作戦会議を終えて軍議天幕から出て行こうとする八咫烏を呼び止めた。

「なんでしょうか？」

八咫烏のアバターと向き合うと、トライアロウは不思議な気分になった。

八咫烏一二三《ひとにいさん》の中の人である谷田《やた》契斗とはどこにでもいる普通の高校生である。それだけに、どうして人工知能がこの少年に強い関心を抱いたのかと疑問にも思ったのだが、一緒に

【Walhalla《ワルハラ》】をプレイしていくことでその疑問も氷解した。

戦術家達がクードゥイユと呼ぶものをこの少年は持っているのだ。

戦局眼とも訳されるその鋭い眼力は、絶え間ない学習や訓練と長い経験によって初めて得られるのだと、戦術を学ぶ者達は語る。しかし三ツ矢は戦局眼《クードゥイユ》とは生まれた時から備わっていてもおかしくないと考えていた。でなければ歴史の中にどうして十代二十代の若き武将が登場できるのか。

ハンニバルが軍司令官に任じられたのは二六歳の時であったし、アレキサンダー大王は十八歳の時には一部隊を率いてアテナイ・テーバイ軍を壊滅させている。マケドニアの王となって東方遠征に着手したのは二四歳の時だ。織田信長が桶狭間で今川義元を打ち破ったのもやはり二六歳の時で、伊達政宗に至っては十八歳で家督を継いで戦果を上げている。

つまり学習や訓練の必要性はあるが、少なくとも何十年も経験を積む必要があるという主張は彼らの存在によって否定されてしまうのだ。おそらく学習と訓練は、戦局眼《クードゥイユ》の囁《ささや》きが意味することを理解し、それを要領よく実行するためのもの。三ツ矢はそう理解していた。

そこで三ツ矢が極力気を遣ったのは、八咫烏のこの長所を潰さないようにすることであった。ただでさえ専門家は自尊心が強く、自分達の流儀こそが正しいと思っているからそれを他人に押しつけたがる傾向がある。そのため、八咫烏がその長所を発揮しきれなくなる公算が高い。だから獅子王クランの方針として、彼を主力と見なしてクラメンはバックアップするという態勢にしたのだ。

とは言え少年からすれば大人達を相手に気ままに過ごすのは難しいだろう。実際に、こうして呼び止めてみれば生徒指導室に呼び出された学生のように緊張している。そこでまず少年の肩から力を抜かせないといけない。

「いや、君の活躍をきちんと褒めておきたいと思ってね。あの遭遇戦でよくぞ敵に攻撃をかけた。敵に多大な損害を与えることができたのは君の咄嗟の行動が効いて主導権をとれたからだ。よくやってくれた」

「あ、ありがとうございます。嬉しいです！」

「しかし君の部隊は大きな痛手を負ってしまったはずだ。このあと、戦い続けることができるかね？」

「大丈夫です。戦えます」

「ほんとうかね？　氷見子《ひみこ》君、八咫烏隊のデータを……」

「はい」

振り返ったトライアロウに、副官ＮＰＣの氷見子《ひみこ》が羊皮紙を開いて見せた。

すると今の八咫烏傭兵団のステータスが記されていた。それによると八咫烏隊の損害は少ないとは言えない。しかしそれでも契斗は戦えると言う。そこにトライアロウは少年のこの戦いに対する意気込みを感じ取った。

「大丈夫です」

八咫烏は大丈夫だという言葉を繰り返し、トライアロウは頷いた。

「そうか、では話を進めよう。これからの作戦についてだ」

トライアロウは八咫烏の前に戦場の砂盤《さばん》――地形図を広げた。

そこには赤い駒でヒルドル軍、青い駒で獅子王クランの配置状況が示されていた。

「さて、君に尋ねたい。君がヒルドル・クランの指揮官だとして、この状況下で敵対するクランがあからさまに兵力を二つに分け、その一方を補給部隊へ向けて進発させたらどうすると思う？」

「そりゃ、各個撃破《かっこげきは》のチャンスだと思います。けど、このチャンスってあからさまな釣り針つきですよね」

「そうだ。あまりにも見え見えだ。しかし、補給部隊が狙われているとなると手を拱いているわけにはいかない。だから出るしかない。しかし問題はそれが何時になるか……故に私の最大の関心事、ＥＥＩ（情報主要素）は『敵は、何時攻勢に転じるか。攻撃してくるとしたらどちらの部隊に向かうか』となる」

「はい。ガンツェルの奴はきっと出てきます」

「しかしそれは我々が作った状況に強いられてではない」

「えっと……すみません、意味がわかりません」

「臆病という性格を基盤にする慎重さの持ち主は、想像力が豊かでね、考えようとしなくても自分がされたくないことが勝手に頭に浮かんでくるのだ。この状況に陥った時、ガンツェルの頭の中には自分がされたくない連絡線の遮断と、補給部隊への攻撃があったはずだ」

「……はい」

「にもかかわらず、補給部隊との人員物資のやりとりを続けていたのは何故だ？　一番初めに秘匿しなければならないのに」

「補給品を少しでも早く本隊に移すため？」

「それもあるだろう。しかし私はこの状況……補給部隊と本隊とが離れてしまっていることを我々に見せつけるため、という疑念を抱いている。つまり我々は今回の作戦を自ら主体的に決めたと思っているが、実は敵クランマスターによって、そう仕向けられているかもしれないのだ」

「それは……」

八咫烏は否定しなかった。敵クランマスターの性格ならあり得なくもないと思っているからだろう。

「そうだった時に警戒しておくべきことは何だと思う？」

「ガンツェルの奴は二手に分かれたこちらの一方を攻めてきます。奴がこの状況を望んでいたなら意表を突いて北へ向かう隊の進路に先回りして待ち伏せしてくる？　ってことは、あいつはもう山から降りている？」

「その公算は高い。いずれにせよ我々は敵からの攻撃を受けることになるわけだ。敵が選んだ地域で、敵の選んだタイミングで、そして数の上で不利な状況下でだ。そうなった時の我々の勝機は何か？」

「味方が助けに駆けつけてくれるということです」

「そうだ。そしてそのことを敵もまた知っている。従って、ありとあらゆる手段で来援を妨げようとするはずだ。我々の目を塞ぎ、耳を塞ぎ、欺騙欺瞞《ぎへんぎまん》に全力を尽くそうとする。そのため我々は自分の置かれた状況の理解に苦しむことになる。かの軍学者クラウゼヴィッツはこう語っている。『戦争における情報は不確実である』と。そして『人間は敵の力量を過少視するよりはむしろ過大視する傾きがある』と」

戦争における情報は不確実であるの部分を強調したトライアロウを見て、八咫烏が息を飲んだ。

「言いたいことは八咫烏の胸にしみこんだだろうか？そのことをわかっておいて欲しいので君に残ってもらった。この作戦は一瞬一瞬の判断が勝利の分かれ道となる」

「わかりました。けど、どうして俺だけにこんな話を？」

「おそらく今回、君は決断の重さというものを知ることになるからだ」

「はい？」

「これまでの君は【Walhalla《ワルハラ》】というゲームで優秀な戦績を残してきた。だがそれはゲームだったからだ。ゲームでは失敗しても自分だけの損失だから決断はとても気楽だ。だから君も勘の囁《ささや》きに従って心置きなく縦横無尽に駆け巡れたのだと思う」

「はい」

「しかしこの戦いがそうではないことを君は知っているな?」

「はい。【Walhalla《ワルハラ》】に勝った人工知能が、次のゲームとして『現実』を選ぶということですよね?」

「そうだ。社会の安全や人命がかかっている時の決断はとてつもなく重く難しい。もし、ここで君がコイントスをして表裏を当てろと求められ、もし間違ったら誰かが死ぬと宣言されたら君は素直に表裏のどちらかを選べるかね?」

「わ……わかりません。多分その時になってみないと……」

「正直でよろしい。しかし安全保障の現場にいる人間の決断には常に人命がかかっている。我々はその時のために日々研鑽と訓練に励んでいる。人の命がかかっているからこそ正しい状況判断をしたいし、正しい決心をしたい。誰もがそう思っている。しかしそれでも間違うのが人間なのだ」

「はい」

「君と一緒にこのゲームをプレイしている連中が何かと手続きにやかましいのも間違いを少なくするためだ。手続きや段取りとは我々凡人が間違う可能性を少なくするための必死の工夫の果てにでき上がったものなのだ。だが、それでも間違ってしまうのが人間なのだ。だから済まないが、君には奴らを助けてやって欲しいと思う」

「お、俺が皆さんを助けるんですか?」

「そうだ。直感で正解を知ってしまう君にはさぞかしもどかしく見えるだろう?　しかし重責にあえぐ彼らを見捨てないでやってくれ。決心を強いられる者の肩にのしかかってる物が、少しでも軽くなるようにしてやって欲しいのだ……」

八咫烏はその言葉に非常に居心地悪そうにしていた。

突然、その肩に乗せられた責任の重さを耐えがたく思っているのだろう。しかしその困惑の態度こそが三ツ矢の言葉を谷田《やた》契斗が正しく理解した証拠でもあるのだ。

＊＊＊

各方面に扇型に放った斥候隊が、獅子王クランの帷幄《いあく》へと戻ってくる。

映画やドラマ、小説などでは、斥候兵や伝令はそのまま主将《マスター》のいる帷幄《いあく》にまで駆け込んで、馬から転げ落ちるようにして片膝突き「申し上げます！」と報告することが多い。しかし【Walhalla《ワルハラ》】ではそのあたりの演出は割愛されており、彼らが帷幄《いあく》に戻ってくると副官ＮＰＣが報告内容を言葉で、あるいは砂盤《さばん》に反映させる。

「ん、どうしたんだね？」

氷見子《ひみこ》の場合は、言葉で告げるよりも速いと考えたのか何かに突き動かされたように砂盤《さばん》へと向かい、ヒルドル・クランを示す赤い駒の向こう側に青い駒を並べた。

「お、それは!?」

「はい援軍です！　味方が来てくれました！」

この時、トライアロウの愁眉が開いた。

「よし、各部隊に連絡！　反撃だ！　押し上げろ！」

「はい」

トライアロウの喜色に飛んだ声に感化されたかのように、獅子王クランの勢いは急激に盛り返していったのである。

＊＊＊

「後方より、獅子王クラン援軍接近の報が入りました」

ハウメアは斥候のもたらした報告を馬上のガンツェルに告げた。

麾下《きか》の部隊を率いて「進め進め！」と叫んでいたガンツェルは、それを聞いて嗤《わら》う。

「どうせ、来たのは八咫烏だろう？」

ガンツェルは勘の鋭い八咫烏ならば、自分の作戦を見抜くだろうと予測していた。

奴ならばクベりんの牽制にもひっかからず、別働隊指揮官の命令も無視して本隊救援にやってきてもおかしくはない。だが八咫烏の率いる部隊はたかだか二千余。それだけの戦力ではここまで進んだ戦況をひっくり返すのは不可能なのだ。

もちろん油断して放置しておけば、起死回生の一手を打ち込んでくる恐れもあるから一隊を割いて対応させる必要はある。

「よし、八咫烏は、アラーキ隊に対応させよう」

だが、これで全ては終わる。八咫烏は遠路はるばる駆けつけて来たというのに、むなしく本隊が撃滅されるところを見るだけになる。

だがハウメアの報告がガンツェルの目論見を否定した。

「いいえ、敵援軍は八咫烏隊ではありません」

「なんだって？」

「敵援軍は八咫烏隊ではありません。正しく言うなら八咫烏隊以外の全てです」

振り返ってみれば獅子王クランの精兵一万二千余が援軍として駆けつけてきていた。既に戦闘展開を済ませ、整斉と近づいてきている。

獅子王クラン本隊も一万余にまで討ち減らしたが、双方合わせればヒルドル・クランを圧倒する数になる。これからそれらの攻撃を腹背に受けるとなると危機的状況に陥ったのはガンツェルなのだ。

「あ、あり得ない」

ガンツェルはこの現実を否定した。

「八咫烏ならあり得るが、それ以外の奴がどうして？」

ハウメアが告げた。

「八咫烏がマスターの作戦を見破る可能性があるなら、敵の別働隊指揮官が八咫烏の進言を受け入れたのでしょう」

「それこそあり得ない！　奴の言うことに耳を貸す馬鹿がこの世のどこにいるって言うんだ！」

ガンツェルはこれまで八咫烏が自分にしてきた進言を思い返した。

危ない気がする。

敵は来ない気がする。

あそこが狙い目な気がする。

全て、根拠のない戯言《たわごと》ばかりだ。理に合わないことばかりなのだ。そんな意見に耳を貸す人間がいるなんて常識に合わないのである。

だがハウメアが、いや現実がその常識を否定した。

「でも、こうして現実に敵は来ています」

「魔道師の幻術とか欺騙《ぎへん》工作にひっかかってるのではないのか？」

「それは、あり得ません。斥候が二組、消息を絶っています」

「くそっ！」

ガンツェルは大きく怒鳴った。そしてハウメアの胸を指揮杖で叩く。

「どうされますか？」

ハウメアは肌にできたミミズ腫れを愛おしそうにおさえた。

「……くっ」

その姿を見たガンツェルは、自分の行いの醜悪さを見せつけられたような気がして不快になった。だが同時に、目の前にあった勝利を諦めることもできた。これで頭の中身をきっぱりと切り換えることができたのである。

「こうなったら負けは仕方ない。全滅を避けるために撤退する！」

この時、ガンツェルの脳裏に、絶体絶命な状況で撤退戦を成功させた戦例が二つ浮かんだ。一つは関ヶ原の合戦における島津軍撤退戦、第四次川中島合戦における上杉軍撤退だ。

ガンツェルは呟く。

「そう言えば、この戦いは第四次川中島にそっくりな展開になったたな」

第四次川中島は軍記物や物語ばかりが有名になって史実が不明なためガンツェルとしては疑問符をつけ作戦を立てる際の準拠にしないようにしてあった。車懸かりも、キツツキ戦術も意味不明過ぎるのだ。従って参考にするならば関ヶ原の方だろう。

「敵はどこが優勢か？」

「北に位置する敵本隊中央です。増援の到来が伝わったのか急激に盛り返してきました！」

ハウメアが獅子王クラン中央を指さした。

「わかった。敵陣を半分突破している現状で後退しては追撃を食らって犠牲が増えるだけだ。ならばこのまま遮二無二《しゃにむに》前進して敵陣を通り抜けて逃げるんだ！　急げ！」

ガンツェルのこの指示はハウメアを介してそのままクランのメンバー達に伝えられたのだった。

第九章

砂嵐が止んだ。

最も風の強い時期は過ぎて、その鋭さも幾分《いくぶん》か和《やわ》らいでいたからいずれは砂嵐も止むとは思われていたが、それでも唐突と思われるあっけない静まり方であった。

風によって舞上げられていた砂塵がたちまち地に落ちていく。すると黄土色の幕に覆われていた世界は瞬く間に赤茶けた大地と蒼い空の二つに分かれた。

「やっぱりそうだったね」

「ええ、八咫烏様のおっしゃる通りでした」

照りつける鋭い日差しを浴びながら自分の決断が正しかったことを悟った契斗はほくそ笑んだ。目の前にはそれまで隠されていたヒルドル・クラン軍の全てを一望に収めることができたのだ。

八咫烏傭兵団に向かい合っていたのは紅の鬼姫ことクベりん。

砂塵によって視界を塞がれているのに乗じて、獅子王クラン別働隊に苛烈な攻撃を仕掛けてきていたのは彼女が率いる騎兵三千だけだったのだ。

密室トリックを名探偵に見破られた犯人のごとく、紅い髪を靡かせたクベりんのアバターがじっと契斗を睨む。

契斗はその目差しを正面から受け止めながら馬を進めた。

スレイプニルの腹を軽く蹴るとクベりんの傭兵団へとゆっくりと向かったのである。

「コレット、ゆっくりと前進」

「はい、八咫烏様」

すると契斗に続いて八咫烏傭兵団の兵士達もゆっくりと進んだ。

クベりんの傭兵団は、サンドスタットをはじめとする様々な騎兵種を擁し、それらに整然と隊列を作らせている。しかしよく見れば砂塵に紛れた激しい攻撃を無理矢理繰り返したせいか、ほとんどの兵が傷ついているのが観察できた。

「やっぱり、クベりんあんただったか？」

声をかける契斗。

「まさか、あんたが残っているとは思わなかったわ」

前に出てきて答えるクベりん。

クベりんは目の前にいるのが契斗の八咫烏傭兵団だけという事態に、戸惑いを隠せないらしい。

「あんたには、どうしてわかったのかなんて問うことはしないわ。けど、これだけは聞かせて。どうしてあんたしかいないの？　どうしてあんたがここに残っているのよ!?」

「そりゃ、あんたの攻撃が虚勢だってわかったからね。みんなは本隊の救援に向かったんだよ。そんなの決まってるじゃないか」

「そんなのあり得ないわ！」

「どうしてあり得ないと言える？」

「あたしの絶え間ない襲撃で、本隊の攻撃だと錯覚させることができたはずだからよ！」

「うん、確かにそうだった。こっちのみんなも本隊の攻撃だって信じ切っていた。けどやっぱり俺には見え見えだったよ。だから俺がたっきーに進言して……」

「それこそ信じられないわ！　あんたの言葉を信じる人間がいるなんて!?」

「心外だなあ。みんながみんなガンツェルみたいな連中じゃないんだよ。それに、万が一この攻撃が本命の攻撃だったとしても俺が殿《しんがり》を引き受けてるって言ったら、みんな納得してくれたし」

　契斗はたっきーがここに残って敵の攻撃を凌ぐという決断を下すと、自分だけが本隊の救援に赴くという誘惑に駆られた。だが自分が率いる騎兵だけではガンツェルの本隊を撃破《げきは》するには不足であることはわかっている。そのためたっきーへ直談判に及んだのだ。

「たっきーさん、この攻撃は間違いなく嘘ですよ」

「どうしてそんなことわかる!?」

「勘ですよ、勘！」

「くっ……そんな根拠の薄いものに従えるか」

たっきーは頑迷であった。

いや、彼の態度を頑迷と言ってしまっては報われなさすぎる。そもそも指揮官とは一旦決心を下したら簡単に翻してはならないものなのだ。

決心は状況判断の上に成り立っている。従って決心を変えることがあるとすればそれは状況が変わった時だけなのだ。

だから普段の契斗だったら、ここで間違いなくたっきーに見切りをつけ自分だけで本隊の救援に向かったはずであった。

だが契斗はトライアロウの言葉を思い出す。

『……安全保障の現場にいる人間の決断には常に人命がかかっている。我々はその時のために日々研鑽と訓練に励んでいる。人の命がかかっているからこそ正しい状況判断をしたいし、正しい決心をしたい。誰もがそう思っている。しかしそれでも間違うのが人間なのだ。……直感で正解を知ってしまう君にはさぞかしもどかしく見えるだろう？　しかし重責にあえぐ彼らを見捨てないでやってくれ。決心を強いられる者の肩にのしかかってる物が、少しでも軽くなるようにしてやって欲しいのだ』

たっきーの決心の固さはその責任の重さ故だ。

そして契斗の言葉は常に勘を根拠にしているから軽い。説得力がなさ過ぎるのだ。だから重く固い決心を揺るがすことができないのである。ならば契斗はその分だけ必死になる必要がある。契斗は、とにかくたっきーが判断を翻す材料になりそうなことを並べていった。

「敵の攻撃が騎兵ばっかりというのが変です！　本隊の襲撃なら、それこそ歩兵の襲撃があっても良いはずです」

「いや、歩兵では離脱に手間取るからだろう？」

「でも、敵の攻撃は勢いはあっても規模が小さ過ぎませんか？　敵の全容が見えないから大きく見えてるだけです。実際に出ている損害を数えてみればいい！　コレット！」

「はい」

コレットが羊皮紙を差し出してたっきーに示す。そこには敵の襲撃によって八咫烏隊が受けた損害が記されていたのだ。

その数字を見たたっきーは、傍らの副官ＮＰＣを振り返って自隊の被害状況を報告させた。クランマスターではないから自分の隊の数値しかわからないが、八咫烏隊と自分の隊との損害状況と合わせれば全体の状況も類推できる。

「思った以上に損害が少ないな」

「見た目に騙《だま》されているってことです！」

「そうかも……知れないな」

たっきーが次第に契斗の言葉に耳を貸し始めた。

そこで契斗は続けた。

「大丈夫です。間違ってこの攻撃が敵本隊の物だったとしても俺の隊が残って追撃を止めますから！　その時は、本隊と合流して数の優勢を保ったままガンツェルの奴との決戦に挑んで下さい」

「君が敵の襲撃を支えると言うのか？」

「砂嵐が吹いてて視界がない今だからできるはずです」

契斗の判断は間違っていたら自隊の全滅を意味する。――もちろん【Walhalla《ワルハラ》】はゲームだから、死を賭すほどの重みはないが――それに近いことを突きつけた進言なのだ。そしてそれはこれまでの契斗にはないことであった。

これまでの契斗は何だかんだ言っても自分が戦いの主役になりたがる傾向があった。だが今回の契斗はそれをかなぐり捨てていた。クランを勝たせるために自らを投げ出す覚悟を見せたのだ。

「……そうか、わかった」

たっきーは副官ＮＰＣを振り返って別働隊全軍に後退の指示を送った。そして再び契斗を振り返る。

「私はどうしても君の勘とやらを信じることができない。だが、三ツ矢将補は君を信じている。そして私は三ツ矢将補を信じている。故に君の意見具申も信じることにする」

契斗はたっきーのまどろっこしい物言いに眉根を寄せた。

「大人の人ってどうしてそうなんだか……」

「歳を重ねるとな、プライドとかいろいろと無駄に抱えてる物が大きくなり過ぎるからいろいろと面倒なんだよ。だからそのぐらいは理解してくれ。そもそも君は簡単なことのように言うが、この砂嵐の中で本隊の救援に行くことだってえらく大変なことなんだぞ！」

「わかってますよ。けどそれくらいは何とかして下さい。大人なんでしょう？」

「ああ、おまえに笑われないくらいには何とかして見せるさ」

たっきーは苦笑する。

契斗はそれを聞いて肩をすくめると、自らの八咫烏隊へと戻ったのである。


「団長……狼煙《のろし》があがったよ？」

砂嵐が止んで八咫烏傭兵団と、クべりん隊とが声の届く距離で対峙する中、エフトゥール隊を率いるエミーネが契斗に馬を寄せてきた。

「何本？」

「もちろん三本さ……」

契斗は、振り返ってそれを確かめると紅の鬼姫に向き直った。

「クべりん、どうする？」

「どうするとは？」

「そこからなら俺達の背後に狼煙があがってるのが見えるだろ？　あれは、別働隊が揃って街道に入ることができたっていう報せなんだ。あとは北進して本隊の救援するだけ、つまりこの戦いは俺達獅子王クランの勝利ってわけ」

「くっ……」

契斗の言葉の意味がわかるのかクべりん隊の将兵がざわめいた。

「そういうことで、良かったらこの戦いを終わらない？　君達がこのまま撤退するんでも良いよ。もう余計な損害は出したくないでしょ？」

契斗はそう交渉を持ちかけた。

すると契斗が命令しなくとも、八咫烏傭兵団の兵士達はそれぞれ槍を伏せ、剣を鞘に収め、戦斧《せんぷ》を下ろしていった。エミーネ達、エフトゥール兵も弓をおろす。

だが鬼姫クベりんは契斗の勧告を受け入れなかった。

「そうはいかないわ。まだあたしとあんたの決着はついてないもの。それに、あんた達を引き裂いて別働隊を後方から襲えば本隊との合流を阻止できるかもしれないでしょ？　たとえそれができなくても論功行賞がしょぼくなる分、与ダメで稼いでおきたいしね。だからあんたとは戦うことにするわ」

鬼姫はニヤリと笑うと剣を抜いた。

クベりん隊の兵も剣を抜き、槍を構える。

それを見た途端、契斗の脳裏で警戒警報が鳴り響いた。クベりんと真っ向から戦ったら負けると勘が盛んに告げているのだ。これがクベりんと一対一の対戦だったら、正面を避けて側面に回り込んだり、一時的に待避して地形的に有利なところに誘い込むなどして戦うことも出る。だが契斗の使命はここにクベりんを釘付けにすること。そのためにそうした戦術を捨てて正面から戦うしかないのだ。

「コレット……やっぱり逃げて良いかな！」

契斗は傍らの副官NPCに囁《ささや》いて問うた。

するとコレットが笹穂耳をピンと立てた。

「だ、だ、ダメに決まってるじゃないですか!?」

するとエミーネも苦笑して言った。

「団長。たっきーと約束したんだろ？　それを果たさないと信用に関わるよ」

「でもさ、負けるとわかって戦うなんて、俺嫌なんだよ」

「だったらさ、せめて損害が少なくなるよう指揮しておくれよ」

「無理。あの女と正面からやり合ったら、どうやっても酷いことになる。鬼姫相手に無事に終わるイメージが全く湧かないんだ」

「なに、ごちゃごちゃ言ってるのよ。そろそろ行くわよ！」

その時、無情にも鬼姫は契斗に剣先を向けた。

「しょうがない。なら、めいっぱい戦うしかないね」

エミーネは部下達に弓矢を構えさせた。

「攻撃にぃ！　前へっ！」

すると紅の鬼姫クベりんが部下を率いて雪崩のように突き進んできた。

「こうなったら、やぶれかぶれだ。全軍進め！」

契斗もまた、八咫烏傭兵団を率いて正面から挑んでいったのである。

＊＊＊

獅子王クランの対ヒルドル・クラン戦——カルラエ会戦——はこうして終わった。

結果はもちろん獅子王クランの勝利である。クランカップ二〇四五予選にエントリー以来白星を重ねてきた契斗達はさらに白星を一個増やし全勝での予選突破確定まであと一勝にまで迫ったのである。

電脳自衛隊では早速ささやかながらも戦勝祝いの席が設けられた。

もちろん未成年の契斗がいるため酒精の含まれたものは出されないが、勝利の味がクラメン達を酔わせている。クラメンとして奮闘した幹部自衛官や支援のスタッフ達、そして契斗達は十分に喜び笑うことができたのである。

「クべりんは卑怯だ。あんなに強いだなんて」

「まあ、そう落ち込むなって」

契斗は最後の最後で、鬼姫クべりんと真っ向からぶつかって大きな被害を出してしまったので落ち込んでいるが、全体としては勝てたのだからと皆に背中を叩かれて元気づけられていた。

それがまた契斗と皆との関係が深まったように見えるのだ。

「あと一つ勝てば全勝で予選突破だな。これなら本戦も人工知能と対戦するまでは何とか勝ち進んでいけるだろう」

その光景を見ながらトライアロウこと三ツ矢は言った。

八咫烏こと契斗と、クラメンである幹部自衛官との間に流れていた不協和音の存在だけが彼にとっての心配事だったが、それがこの戦いで解消されたと三ツ矢は感じていた。

するとと傍らのたっきーこと、瀧川一佐が頷いた。

「はい。しかし人工知能【榊】との対戦が何時になるかわからない以上、気を引き締めてかからなくてはなりません。あの餓鬼も、手綱をしっかりと握っておかないと調子に乗って勝手なことをやりかねませんし……」

「そうだな。だが今日くらいは羽目を外してもいいぞ。契斗君を自宅に帰したら、大人だけの祝勝会に繰り出しても良い」

「はい、ありがとうございます」

「瀧川一佐。どうだったかね？　八咫烏君のような若者を指揮下に置いた経験は」

「将補のご苦労、今更ながら理解しました。ああいう輩《やから》の上に立つのはえらく気疲れします。こっちの言うことを全然聞かない癖に、戦えば勝つって言うんですから、鼻っ柱をへし折ってやることもできやしない。いっそのこと指揮官役も何もかも、奴に押しつけてやったら楽だろうにと思ったぐらいです」

たっきーは思わず言った。

しかし深く考えずに発された言葉だけに、それは彼の本音でもあるとわかる。

トライアロウは感じ入ったように頷いた。

「ふむ、なるほどそういうことか」

瀧川は首を傾げた。

「なるほどとは？」

「いや、過去の歴史に登場する若き武将達。彼らが名を残すような活躍をすることができたのも、もしかすると君のように考えた優秀な部下達が、自分がトップになることを面倒くさがって担ぎあげたからかもしれないと思ってな。でなければ、どうして歴戦の武士達が十八だの十九の若造に従う？」

戦国時代の主従関係とは、今考えられているようなものと違いドライで、今で言う契約の概念に近い。要するに『俺に従え、そしたらおまえを守ってやる』というものなのだ。

だから主君に力がなければ家臣達は当然のように見限る。そうしなければ戦国の時代を生きてはいけないのだから、それが当たり前なのだ。武田家しかり、今川家しかり、北条家しかり。巨大な力があったはずの戦国武将の家も瓦解する時は一瞬だった。

にもかかわらず武田信晴も上杉謙信も織田信長も、十や二十の若さで活躍を開始した。

それが可能になったのは彼らに才能があったこともちろんだが、従う部下達の忠誠心が高かったというだけではやはり説明が苦しい。経験豊かで政治的な実力を持つ部下に実権を奪われてしまうのが当然なのだから、別の理由もあると考えた方が良い。それが三ツ矢の言う『面倒くさかった』というものかもしれない。

「陸将のおっしゃる通りかも知れませんな」

瀧川は頷いた。

人間誰しもトップを目指すわけではない。小難しいことは避けて、気楽にやっていくには面倒なことは誰かに任せてしまいたい気持ちがある。だからこそ、若き英雄が登場する余地があるのかもしれない。

「まあ、あいつが何もかも面倒ごとを引き受けるって言い出したら、従ってやってもいいかなとは思いますがね。もちろん、そんな時が来ることはないんでしょうけど……」

瀧川一佐はそう言うと、皆と騒ぎ始めた契斗を見て微笑んだのだった。

《了》

あとがき

ヨシモトさんの可愛い表紙に心を惹かれ、ついついこの小説を手に取ってしまったみなさん、はじめまして。そして「おっ、柳内が新作を出したぞ」と本書を手に取って下さったみなさん、こんにちは。お読み頂き本当にありがとうございます。

お楽しみいただけたでしょうか？

世にはＶＲＭＭＯを題材にした小説は多々あります。

しかしそんな中で個人の剣技や戦技を競うことはあっても、作戦戦術を競うものは案外見られないように思います。

作戦戦術にこそ血湧き肉躍るという人も少なくないのに。

戦術や戦略、戦史などが大好きで、本棚を見れば孫子、呉子の兵法や、六韜三略、クラウゼヴィッツの戦争論が並んでいたり、ゲームをするとしても戦術、戦略シミュレーション、歴史シミュレーション物が多かったりという人が世の中には少なからずいるはずなのにです。

かく言う私もその一人。

今回の執筆の話が来て、私の中でこの本の漠としたアイデアが湧いてきた時「そんな方々の『おもちゃ』になるような本にしたいな」と思いました。「新ジャンルってわけじゃないけど、それに近いノリで新境地開拓じゃ！」といった感じです。

おもちゃになるとは、もちろん「こんな戦術はけしからん」とか「こんなの現実にはありえない」とか「この部分は良いぞ」とか、そういった議論のネタにしていただくということであります。

何しろ戦術マニアという人種は、ほぼ全員が「戦術とは、要するにこうである」という一家言をお持ちの方ばかりなのですから。

つまり、この本はそう言った方達に「さあ、遊びましょう」という私からのお誘いの言葉なのです。

平成三〇年六月　柳内　たくみ

BRAVENOVEL
ブレイブ文庫

Walhalla《ワルハラ》 －e戦場の戦争芸術《アートオブウォー》－

2018年6月28日　初版第一刷発行

著　者　柳内たくみ

発行人　長谷川　洋

発行・発売　株式会社一二三書房
〒102-0072
東京都千代田区飯田橋2-14-2雄邦ビル
03-3265-1881

印刷所　中央精版印刷株式会社

Printed in japan.
ISBN 978-4-89199-493-8